Cours de chant

Murielle Lucie Clément

Cours de chant
Crime à l'université
Version light 1

MLC

Du même auteur :

Crime à Paris (roman)
Crime à Amsterdam (roman)
La Clarté des ténèbres (nouvelles)
Crime à l'université (roman)
Le Mythe de Noël (récits)
Le Pyrophone (poésie)
Sur un rayon d'amour (poésie)
Les Nuits sibériennes (poésie)
L'Arc-en-ciel (poésie)
Le Nagal (poésie)
Cantilène (poésie)
Spleen d'Amsterdam (poésie)

Éditions MLC
Le Montet – 36340 Cluis
www.emelci.com

ISBN : 978-2-37432-035-9
Dépôt légal : novembre 2016

À mes amis

Cours de chant est une version light de *Crime à l'université*, des extraits du livre et comprend simplement les cours de chant d'Eliane Vermont. Pour qui une version light ? Pour les lecteurs exclusivement intéressés en cette partie du livre, pour les aficionados du chant, de la musique et de l'opéra.
La version light 1

1.

Le soleil, tamisé par les voilages, baignait d'ocres et de rose le studio de musique où Éliane Vermont dispensait son savoir à une étudiante attentive.

« La plupart des gens confondent virtuosité et vélocité. Ils s'imaginent que plus ils iront vite, mieux ce sera et plus on les admirera. En fait, ce n'est pas du tout cela. Surtout pour cette musique. C'est une danse. Tu dois penser aux costumes d'époque des dames de la noblesse, les grandes robes à paniers qui les empêchaient de se mouvoir rapidement. Même si le titre de cette ariette réfère à une fille de la campagne, on a plutôt affaire ici à une bergère genre Marie-Antoinette. Les moutons bien lavés, peignés, bichonnés, enrubannés et parfumés à la fleur d'oranger. Cette musique était composée pour les dames de la cour, pas pour les paysannes. Suis un mouvement de danse. Plus une pavane qu'une bourrée en sabots. Fais-en quelque chose. De l'élégance. Ici. Regarde. Chaque note compte. Et surtout : respire. Il n'est pas question de faire toutes les phrases sur une seule expiration. Si tu y parviens, d'accord. Mais, pas aux dépens de l'histoire que tu contes. Car cela en est une ! Tu invites une jeune fille à danser. *Danza, danza.* Deux fois le même mot sur des notes différentes avec une diversité dans le rythme. Du point de vue de la syntaxe et de la rhétorique musicale, il t'est permis de respirer à la virgule. Pense au mouvement de la robe à panier qui ondoie légèrement de la taille à l'ourlet. La pointe du soulier mutine qui dépasse des dentelles. Reste droite. Fais-toi grande. Regarde l'horizon. Cette femme a une perruque en échafaudage sur le crâne, son cou s'élance. Dégage les épaules. Cette femme, c'est toi. Deux mots. Deux petits mots. Mais avec ces deux mots-là, tu dois m'entraîner par la main et me transporter à Versailles. Mille miroirs. Je glisse sur un parquet sous les lustres de cristal aux innombrables bougies. A aucun moment, je ne dois avoir l'impression de connaître cet air-là. Tu as six notes pour me convaincre que ce que tu chantes est nouveau. Du jamais entendu. Du moment où tu ouvres la bouche, jusqu'à ce que tu la refermes, plus rien ne doit compter pour moi que le son de ta voix. N'essaie pas de créer un beau son. Ton son sera beau à partir de l'instant où il sera libre. La beauté n'est qu'une question culturelle, de goût individuel. Nous en avons déjà parlé maintes fois. Ce qui te charme peut me sembler horrible et vice versa. Ce que nous idéalisons peut paraître affreux à un Chinois. Allons-y. »

Martine restait stupéfaite qu'il puisse y avoir tellement à savoir sur six notes. Une véritable révolution. Inlassables, elles reprenaient ces deux petits mots à des hauteurs nouvelles, les montant ou les rabaissant sur la gamme. A chaque fois, elle découvrait quelque chose dont elle ne se doutait pas auparavant. Elle s'enfonçait dans l'antre de la musique, surprise d'avoir quitté sa peur. Soudain elle sut que sa voix répondait comme il se devait. Tout était noir et luisant. Une sorte de velours tridimensionnel l'enveloppait de toute part. Elle aurait put se perdre, mais Éliane était à ses côtés. Elle pouvait lui faire confiance, elle ne l'abandonnerait pas.

« C'est ça. Continue. *Fanciulla gentile al mio cantar*. Réfléchis à ce que tu dis. Lorsque tu chantes, tu communiques. Toute communication vient du cœur. Sinon, il ne s'agit pas de communication. Chaque note, chaque mot a une signification. Le compositeur les a utilisés pour une certaine raison. Il aurait pu en prendre d'autres. Le poète a donné son amour aux paroles que le musicien a glorifié avec sa mélodie. Séduis-moi. Donne-moi envie de danser. Je dois vouloir me lever de ma chaise, esquisser des pas gracieux en t'entendant. Je dois me sentir aimée, voulue, désirée. Tes consonnes sont trop dures. Adoucis-les. Rends-les plus clémentes. Elles me font l'effet d'une claque au lieu d'une caresse. Je sais que le son « k » est difficile. Polis-le. Concentre-toi comme si tu mettais la couche d'un bébé. Fais attention à ne pas le blesser. Manie ton texte avec une douceur infinie. Mais, reste ferme et résolue. Tes gestes peuvent être pleins d'attention et d'amour si, par inadvertance, tu lui piques les fesses avec une épingle à nourrice, il se mettra à hurler. Une consonne qui fouette m'éloigne de toi au lieu de m'attirer. La séduction, c'est l'attirance. Le fil invisible qui me lie à ton chant et que, tout doucement, tu tires vers toi, comme un pêcheur remonte une prise sur la berge. Tu dois me donner l'impression de rester libre tout en m'obligeant à t'écouter. C'est toi la cantatrice. Toi, vers qui tous les yeux sont tournés, toutes les oreilles tendues. C'est la seule chose importante pour toi. Ta voix ! »

2.

Le soleil se jouait dans les feuillages devant la fenêtre et projetait des flaques de lumière sur le piano. Éliane et Martine prolongeaient la révision du répertoire avec un plaisir accru.

« *Dans un sommeil que charmait ton image Je rêvais le bonheur, ardent mirage*... Martine s'arrêta brutalement de chanter.

– J'ai l'impression que c'est plat. Je dois l'avoir trop chanté.

– Ou jamais vraiment chanté ! répondit Éliane, avec bienveillance.

– Théoriquement, ce n'est pas bien sorcier, tout le monde le met à son répertoire.

– Mais tout le monde le chante mal. Tu as raison. La ligne mélodique est très simple. Toutefois, le début, là aussi, est décisif. Tu hésites, tenta d'expliquer Éliane.

– J'ai l'impression d'arriver comme un cheveu sur la soupe.

– Pense avec l'accompagnement, la la la la la La Ré Mi Fa. Tu dois déjà décoller à ta première note. Tu planes encore dans ton rêve. *Je rêvais*. Tu es toute alanguie au souvenir. *Le bonheur*, c'est de la crème fouettée subtilement parfumée, au citron si tu veux. Pas tout un clafoutis qui te remplit la bouche et que tu nous balances en pleine figure.

– Ce n'est pas du flan !

– Tout à fait. Vas-y ! »

Les doigts d'Éliane, tels des souffles rapides, caressaient les touches.

« Ce n'est pas un peu rapide comme tempo ?

– C'est un rêve pas un cauchemar, » rétorqua Éliane imperturbable sur son tabouret. « Andantino, ce n'est pas la marche funèbre et puisque l'on discute notes, je voudrais attirer ton attention sur la ligne de basse. » Sa main gauche virevolta d'accord en accord sur le clavier tel un papillon qui aurait arraché aux fleurs des petits gémissements sourds. « Chante la ligne de basse jusqu'à ce que tu l'assimiles complètement. » Martine chanta avec les accords.

« Sol, do, fa, si bémol, mi, la, ré, mi bémol, do. Je vois. C'est génial. C'est seulement sur « dent » de « ardent » qu'il met un accent. Toutes les autres mesures, juste sur le premier temps. Avec les deux premières sans basse aucune.

– Tu as trouvé. Non négligeable non plus à savoir que la main droite reste dans une structure identique du début à la fin. Elle donne la couleur du rêve, du fond, la douceur. Et toi, tu as trois notes pour poser ton esquisse. Le reste coule de lui-même, si je peux dire. » Martine reprit la mélodie qui, alors, s'éleva pure avec un accent indéniable de sincérité.

« Je le sens maintenant.

– C'est ça. Tu quittes la terre et tu t'enfuis avec lui vers la lumière. Donc, tu développes et tu racontes jusqu'aux lueurs divines.

– *Hélas, hélas triste réveil des songes. Je t'appelle, ô nuit.* » Éliane l'interrompit.

– Un peu de regret, c'est tout. Pas de grand désespoir. Le songe reste présent à l'esprit, tu tentes d'y retourner.

– *Je t'appelle, ô nuit, rends-moi tes mensonges. Reviens, reviens...*

– N'oublie pas la répétition. Chaque syllabe compte. Presque un écho, doublé d'une sublimation.

– *Reviens, reviens radieuse. Reviens, ô nuit mystérieuse.*

– Oui, c'est bien ça. Dernier soupir. Tu ne t'endors pas. Au contraire, tu es pleinement réveillée.

– Formidable. J'adore cette mélodie.

– Et tu la chantes à merveille. Tu vas réussir à transporter ton public dans le rêve. Fauré est splendide pour ça.

– Et Duparc. Pour le groupe français, je les mets tous les deux. Je suis heureuse d'avoir ce récital à moi toute seule. D'autant plus que cet automne je ferai *Les Nuits d'été* à New York.

– Tu m'avais caché ça !

– J'ai signé le contrat cette semaine. J'attendais d'être sûre pour te l'annoncer. Tu sais très bien que les pourparlers peuvent toujours tourner court.

– Malheureusement oui. Beaucoup de plans et de blabla avant le concret.

– Tiens ! Concert et concret forment une anagramme. C'est ahurissant. Le plus intangible devient du palpable.

– Dans toutes les données du terme puisque c'est après le concert que tu touches tes honoraires.

– C'est là que tu palpes. Ce ne peut être une coïncidence !

– Dans un tel moment, je suis profondément consciente de mon ignorance.

– Quelquefois en concert ou en répétition, la musique se matérialise. J'en vois chaque particule qui tourne et danse autour de moi quelques instants.

– Cela m'arrive aussi. C'est une présence. Insaisissable, mais bien évidente. Elle revient toujours comme pour t'encourager à continuer.

– Quel pouvoir, quelle force.

– C'est magique ! Ma voix… j'ai l'habitude qu'elle se tienne là, devant moi, mais lorsque la musique apparaît… c'est un moment sublime, comme l'amour parfait qui viendrait te rendre visite.

– Oui, soupire Martine, c'est ce qui rend la vie la peine d'être vécue. » Éliane acquiesça, mi-songeuse.

3.

La matinée s'écoulait tranquille et les étudiants se succédaient devant Éliane. Pierre était un débutant très prometteur, raison pour laquelle Éliane l'avait accepté.

« Pourquoi changeons-nous toujours de voyelle ? Nous les travaillons car elles ont une importance primordiale. La pureté des voyelles entraîne la pureté de l'émission. A l'encontre des consonnes, elles ne coupent pas le son. Au contraire, elles le portent. Bien souvent, on oublie que l'articulation ne se confine pas aux lèvres et aux mâchoires. Je dirais même plus. L'utilisation exagérée des lèvres et du maxillaire inférieur, puisque lui seul est mobile, forme un obstacle insurmontable à un son libre. Il faut à tout prix éviter d'appuyer le son sur les dents, ce qui l'habille d'une dureté mesquine et sans ampleur. À l'inverse, la jointure détendue, tu laisses passer l'air librement, sans contrainte d'aucune sorte. L'articulation pour un chanteur, consiste à contrôler totalement le muscle de la langue, cette masse de chair qui remplit la bouche et obstrue presque la gorge, et cela indépendamment des autres muscles de la cavité buccale. Prononce le o, puis le i, le a, le é, le ou. Sens-tu ta langue remuer et imperceptiblement changer de forme ? »

Pierre sentait surtout qu'il lui était impossible de faire ce qu'Éliane demandait sans arrondir ses

lèvres pour le o et le ou et que sa langue se soule-
vait et empêchait l'air de passer lorsqu'il pronon-
çait le i. Pourtant Éliane passait sans effort apparent d'une voyelle à l'autre sans qu'un seul muscle
de son visage ne trahisse l'effort.

« C'est de la magie !

– Non. Seulement du travail.

– Mais c'est impossible !

– Tu te contredis.

– Oui, c'est vrai. Je veux dire… Il y a tout de
même… les labiales, les occlusives.

– Tu parles des consonnes. Nous n'y sommes pas
encore.

– Tout de même. Certaines voyelles sont pronon-
cées en avant, d'autres en arrière.

– Ce n'est qu'une théorie ou si tu préfères, ça ressort à une certaine pratique. Les vocalistes, eux,
tendent à placer toutes les voyelles au même endroit. D'ailleurs, en y réfléchissant bien, notre appareil phonatoire est beaucoup plus flexible que
voudraient nous le faire croire les linguistes ou les
orthophonistes. Observe un ventriloque. Son
énoncé reste indépendant de son faciès. Et que dire
d'un perroquet ? Il prononce distinctement d'une
manière très intelligible sans lèvres. Son bec est
dur et inflexible. Vois-tu où je veux en venir ?

– Oui, dans un sens, tout n'est que l'idée que l'on
s'en fait.

– Exact.

– Si je pense que je dois activer mes lèvres pour
parler, je m'en sers encore plus que nécessaire.

Idem dito pour les muscles de la mâchoire. Ceci dit, comment l'éviter ?

– Très simple. Primo devenir conscient de ce que nous faisons et non pas de ce que nous pensons faire. Et c'est ici que j'interviens. Mon rôle est moins de t'apprendre quelque chose que de t'aider à prendre conscience de tes actions.

– Je vois. Ça donne quoi en résumé ?

– Fais-en le moins possible. Les bonnes questions engendrent les bonnes réponses. Généralement, cela revient à se demander ce qu'il faut éviter au lieu de ce qu'il faut faire.

– En somme, c'est tout simple.

– Absolument.

– Au lieu de me dire "Qu'est-ce que je dois faire avec mes lèvres, ma langue ?" je dois penser "Ne rien faire".

– En gros, oui, c'est ça. A présent, je voudrais que tu éprouves bien l'articulation, la jointure de tes mâchoires. Mets ton index à la racine de ton oreille au-dessous des tempes. Ouvre la bouche et fais aller ta mâchoire de droite à gauche.

– Oui, je sens l'articulation.

– Avance légèrement les dents comme si tu allais l'ouvrir, mais sans ouvrir la bouche.

– Ça fait une petite boule.

– Maintenant ouvre en continuant à avancer un peu plus les incisives du bas sans forcer.

– Hmmmm.

– Te voilà en position idéale pour chanter. Tu viens de déverrouiller ta mâchoire. Répète cet exercice plusieurs fois par jour en y allant doucement, sans brusquerie.

– Personne ne m'a jamais montré ça. »

Oui, c'était bien le problème. Trop peu de professeurs s'occupaient du côté physique du chant. Du larynx ou du diaphragme, non plus, Pierre n'avait certainement jamais entendu parler. Inutile de précipiter les choses, on ne faisait que commencer, pensa Éliane.

4.

Cette voix sur son répondeur lui plaisait. De toute évidence, un étranger. Un Anglais probablement. Peut-être un Américain. Éliane était incertaine de la nationalité. Il y avait un je-ne-sais-quoi. Il avait laissé son numéro. Elle décida de le rappeler. Elle était curieuse. C'était touchant d'entendre quelqu'un faire de grands efforts pour parler français. Elle composa le numéro. Une voix très différente et peu amène lui répondit.

« Vous demandez qui exactement ?

– Excusez-moi, mais votre numéro est sur mon répondeur, alors je vous rappelle.

– Non, je ne vous ai pas appelé. C'est quoi votre nom ?

– Éliane Vermont et vous ?

– D'où appelez-vous ?

– Bon ! Excusez-moi de vous avoir dérangé. »

Découragée et intriguée tout à la fois, elle raccrocha. Une sorte de menace pesa sur elle. Sans savoir pourquoi, elle avait la sensation d'un danger imminent. Elle s'interrogea. Se pouvait-il que son intuition fût juste ? A l'écoute de ses sensations, elle analysait le message. Des escrocs ! Elle secoua la tête, incrédule. C'est alors que le téléphone sonna. Elle décrocha.

– Éliane Vermont à l'appareil.

– Bonjour, mon nom est Richard Price…

– Ah ! D'accord. Bonjour. J'essayais justement de vous avoir au numéro que vous avez laissé mais une autre personne a répondu.

– …

– Enfin, ça arrive. Que puis-je faire pour vous ?

– Vous êtes prof de chant ?

– Oui.

– Vous donnez des leçons aux ténors ?

– J'aimerais vous dire que je donne des leçons de chant pour aider les chanteurs à développer leur voix. Quelquefois à des débutants. Plutôt en général à des chanteurs confirmés ou en passe de le devenir. Ils viennent me voir pour parfaire leur technique, pour trouver une oreille. Certains d'entre eux sont des ténors. Pas tous. Si les ténors vous intéressent, sachez que Sergey Slouchaev, le ténor russe, a fait son premier Don José avec moi, Alain Marot a étudié son premier Werther et son Faust chez moi. J'ai donné Radamès et Cavaradossi à Bernard Rodin et dans le répertoire lyrique, Jacques Loriot est mon étudiant depuis quatre ans ; il a chanté avant-hier soir Nemorino à La Scala. Il sort de chez moi. Ça vous va ? Quel est votre répertoire ?

« J'ai chanté Gilbert et Sullivan. » Éliane avait peur d'avoir mal entendu. Elle lui fit répéter.

– Gilbert et Sullivan ?

– Oui.

– C'est vaste. Quand et où ? Quel rôle ?

– Capitaine Fiddle. J'ai de l'argent pour prendre

des leçons.

– L'argent n'est pas la priorité. Ce qui est primordial, c'est le travail acharné quotidien et la non complaisance vis-à-vis de soi-même. La volonté est nécessaire et la confiance aussi. L'amour bien sûr et un peu de chance aussi. Tout votre travail ne vous servira à rien si vous manquez d'un peu de chance. Il en faut. Pourquoi voulez-vous chanter ?

– Il y a quelques années, je me suis trompé. J'ai suivi le chemin de la raison, alors que j'aurai dû prendre celui de mon cœur. Je me rends compte maintenant que j'ai fait une sottise. Je veux la réparer. »

Le tout était prononcé avec une certaine sincérité, mais l'oreille exercée d'Éliane perçut le jeu de l'acteur dans le ton, ce qui éveilla son intérêt. Un seul problème. L'opérette. Sa spécialité, c'était l'opéra. Aurait-il le bon goût d'évoluer ?

« Si vous voulez venir pour une leçon, je verrai ce que je peux faire. Par téléphone, c'est peu pratique pour enseigner.

– D'accord. Quel moment vous conviendrait-il ?

– Dites quelque chose et je dirai oui ou non suivant mon agenda.

– Jeudi prochain ?

– Le 11 ?

– Oui.

– Sept heures ?

– Oui. Ça va.

– Eh bien, à jeudi 11 à 19 heures.

– C'est ça ! A jeudi. »

En reposant le combiné Éliane avait tout de même des sentiments mitigés. Elle ne put s'empêcher de trouver bizarre ce qui s'était passé au téléphone. Sitôt raccroché, ce Richard avait téléphoné alors qu'elle essayait de le joindre. Éliane ne croyait pas au hasard. La voix de ce type était pourtant claire et donnait l'impression d'appartenir à un homme ayant reçu une bonne éducation. Un coup d'œil à sa montre la tira de sa rêverie. Six heures quarante-cinq. Il lui restait peu de temps avant le prochain étudiant.

5.

« Bien sûr, raconté comme ça, ça fait pas mal. Bien réfléchi et tout. La vérité, c'est qu'il y a un mec quelque part à qui j'ai envie de fracasser la tête contre les murs ou bien de lui enfoncer mon talon de godasse entre les deux yeux. Vlan ! Ça doit être pas mal du tout les talons aiguilles. Non mais, je vous jure ! Qui est-ce qui emménage pour déménager au bout de quatre jours ? Comme expérience, c'est plutôt salé. J'en pleurerais ! J'ai envie de crier. De tuer, même. Tu parles, comme il disait "Chloé, ma chérie, si tu veux obtenir une chose de moi, tu me prends par les bourses". J'aime mieux te dire qu'il ne faudrait pas qu'elles me tombent maintenant sous la main ses noix. Je te leur donnerais un massage super-vibrant !
– C'est quoi qui te met en colère au juste ? Tu l'aimais ce type ?
– Ben justement, je ne sais pas. Je n'ai pas eu le temps de savoir. Il est reparti avant que je puisse analyser.
– Bon écoute. D'après moi, si tu lui remets les clés de ton appartement et que tu lui donnes ton atelier pour qu'il installe son violon d'Ingres, c'est tout de même significatif non ?
– Tu dois avoir raison. Je pense qu'au fond, au début je n'étais pas amoureuse et puis, petit à petit, je me suis prise au jeu.

– Je comprends.

– Tu vois ce que je n'arrive pas à saisir, c'est pourquoi le type se met à saboter dès qu'il a les clés en
mains.

– Et avant, aucun signe ?

– Enfin, si, peut-être. Mais, justement je pensais
que cela passerait dès que nous serions vraiment
ensemble. Au lieu de ça… En plus, je lui avais bien
précisé de ne pas toucher à mon ordi. "Ne t'inquiète pas, je comprends très bien ce que tu res-
sens. C'est normal que tu veuilles quelque chose à
toi, un truc qui reste personnel". Je pensais qu'il
était sincère. Bref, le lundi, en me plaçant devant
l'écran, j'ai eu l'intuition que quelqu'un s'en était
servi. Ça ne pouvait être que lui, mais comme il
m'avait assuré qu'il ne l'utiliserait pas, je me suis
dit que je faisais fausse route. Mercredi, en reve-
nant de l'université, la même chose se passe et je
n'avais plus de doute. Je l'interroge, lui demande
ce qu'il en est. S'est-il servi de mon ordi. Il me ré-
pond par l'affirmative. J'étais abasourdie. Aucune
excuse, rien ! S'il ne voulait pas que je m'en aper-
çoive ? "Si au contraire, je voulais que tu le voies".
Je tombais des nues, je t'assure. J'étais en ébulli-
tion. Qu'est-ce que j'ai pu être con !

– Et tu le connaissais depuis combien de temps ?

– En tout six mois.

– C'est court.

– Dans un sens, oui. Mais, tu sais comme avec moi
c'est rapide. Et, il y a bien des couples qui se ren-
contrent et ne se lâchent plus jamais. Comme ça !

D'un coup. Alors pourquoi pas moi ?

– Oui. Pourquoi pas ! Bref, tu l'as viré !

– Eh bien non justement. Je lui ai redemandé les clés de mon appart'.

– C'est du pareil au même !

– Pas exactement. Je lui ai dit textuellement : "Je ne te fous pas dehors, il est onze heures du soir. Cependant, je trouve que tu devrais partir".

– Non ! Alors ?

– Il a fait "J'aimerais mieux pas" j'ai dit "Ça, c'est compréhensible. Malgré tout, c'est ce que tu devrais faire. T'habiller, prendre tes cartes de crédit et te barrer !"

– Tout ça calmement ?

– Glacial plutôt.

– Tu es impayable ! Tu ne le regrettes pas j'espère ?

– Ben…

– N'hésite pas. C'est du viol ce qu'il a fait le gars. Sois contente d'en être débarrassée !

– Tu as peut-être raison.

– Bien sûr que j'ai raison. Dans quelques semaines, tu n'y penseras plus à ce type.

– Et toi, quelles nouvelles ?

– Quelle journée tu veux dire ! Le train-train en folie. Bien travaillé tout de même. Une étudiante a raté son rendez-vous ou plus exactement elle est venue un jour à l'avance. A l'heure, mais en avance de vingt-quatre heures ! Celle-là, il lui faudrait plutôt un psy qu'un prof de chant, c'est certain. Un nouvel étudiant m'a téléphoné. Un britannique, je crois. Bien éduqué, mais très matérialiste. La première chose qu'il a mentionnée, c'est qu'il a du fric pour prendre des leçons ! S'il savait que je donne des ateliers gratuits lorsque ça me toque. Je ne pense pas qu'il prenne plus de trois mois de leçons. Peut-être deux. De l'opérette. Quel goût ! Un bon point pour lui, il veut se remettre à chanter. Réflexion faite, c'est ce qui m'inquiète. Pourquoi s'est-il arrêté ? That's the question. Maryse fait des progrès. Pas autant qu'elle pourrait. Elle ne fait pas ses exercices. Elle a peur d'échouer. Ça la freine. Elle fait les gros bras comme toujours. Dès qu'ils ont l'angoisse, ils montrent comme ils excellent dans d'autres domaines. Le problème, c'est qu'ils veulent chanter et n'osent pas. Ils se cachent derrière leur job, leur bagnole, leur fric. C'est leur sécurité. C'est peut-être aussi pour ça que je les aime. Ça change des pros ».

Depuis son veuvage, Éliane s'adonnait à ses cours avec passion. Sur l'instigation de sa sœur, elle s'était inscrite à l'université en musicologie. Elles avaient gardé l'habitude de leur rendez-vous hebdomadaire chez l'une ou l'autre à tour de rôle pour faire le point. Chloé vivait mal la solitude imméritée de son aînée.

Calées dans le sofa, le dos aux accoudoirs, un plateau entre elles deux, Éliane et Chloé se gavaient de ces petits pains dont elles raffolaient. Chloé revenait d'une exposition en Belgique où elle avait présenté une toile. Elle aurait aimé voir Éliane quitter le célibat.

« Tu ne vas pas recommencer !

– Qu'est-ce que tu veux, ça me rend triste de te voir seule. Dire que pas un homme est capable de t'accepter à ta juste valeur.

– N'exagérons rien !

– Ah bon ! Il y a encore un soupirant éconduit ?

– Bof ! Tu sais… l'étudiant espagnol dont je t'ai parlé. Je suis allée dîner chez lui.

– Alors ?

– Alors rien. Il sait bien cuisiner.

– C'est tout !?

– Ce qu'il veut, c'est coucher avec moi. Il me l'a proposé, comme ça de but en blanc : "Je voudrais une relation avec toi". Elles s'étouffaient de rire lorsqu'Eliane imita la voix et l'accent de l'homme.

– Rien de tel pour te faire sortir de tes gonds, non ?

– En effet. Seulement, je commence à m'interroger. Qui de nous deux donnera une leçon à l'autre ?

– Ça me paraît sur la bonne voie. Tu lui as fait le coup de l'éthique ? Un professeur ne peut entreprendre une relation avec un élève… » Éliane se fâcha presque.

– Tu sais bien que c'est sérieux pour moi. Parlons plutôt de toi. Tu travailles sur quoi en ce moment ?

– Les relations sociales dans leur forme la moins étudiée.

– Genre tropismes en couleurs ?

– Si on veut. Je réfléchis. Tu vois, quelquefois…
Cette semaine à Bruxelles, j'ai vu des tas de toiles
dont j'ignorais que quelqu'un puisse les peindre.
Encore moins qu'elles puissent être exposées. Un
Hollandais, Ronald Ophuis. Il a choisi de mettre
l'horreur en scène. Ce n'est pas nouveau, tu me di-
ras. Il y a eu Goya et Saturne. Mais, c'est autre
chose. Ce qu'il fait est d'un réalisme épouvantable. Du sang partout. Chacune de ses toiles est un
scandale de presse, mais en fait, c'est surtout une
dénonciation de la société. La première dont
j'avais entendu parler, représentait le viol de deux
gamins par trois hommes adultes. Le viol d'enfants, c'est déjà inadmissible en soi, alors… avec
la mise en scène et les teintes… tout se passe dans
une pièce délabrée au plafond à moitié crevé,
brûlé, on ne sait pas trop, des murs salis et deux
vieux matelas posés à terre. Ce qui surprend encore
plus, c'est que le viol proprement dit se passe à
même le sol. Il y a aussi des toiles de viol collectif
entre prisonniers, dans des camps de concentration, entre sportifs et des passages à tabac. Beaucoup de violence. Une femme, entourée par les
bras de son copain, fait une fausse-couche dans
une salle de bains, genre bloc sanitaire de camping
troisième zone. C'est pas tant les sujets, déjà durs
en eux-mêmes, que la manière de peindre qui
transmet l'horreur indicible. Tu es pris aux tripes.
Identique pour une scène d'amour au bord d'un
lac. Elle suinte la menace. Ses personnages sont

difformes ; leurs vices, leurs défauts ou leur souffrance ressortissent à leurs attitudes d'une manière incroyable, suffocante. Pourtant, en face de la toile du camp de concentration, j'ai éclaté de rire. Le mec ne sait pas peindre, je t'assure !

– Alors, c'est quoi ?

– Une sorte de passion. La volonté de choquer ou la fascination pour le mal, la souffrance des autres. Ce qui révolte le public, je crois, c'est tout ce sang partout.

– Tu veux dire l'instrumentalisation de la douleur d'autrui à des fins picturales ?

– C'est valable. Sauf s'il a été témoin de la fausse-couche d'une amie ou de sa femme ou s'il a été violé, enfant.

– Ou pire, s'il a participé.

– Peut-être un peu loin. Ce qui est certain, c'est qu'il n'a pas été, physiquement, prisonnier dans un camp de concentration. En revanche, il s'est très bien documenté et a fait le voyage à Auschwitz, pris des photos… Il utilise des acteurs pour ses toiles. Il les fait poser dans son atelier, prend des photos et reporte ensuite les clichés sur la toile, quand tout le monde a dégagé le plancher.

– Tu l'as appris comment ?

– Par le livre que tu peux te procurer à l'expo. Mieux qu'un catalogue. La genèse de l'œuvre dans tous ses détails.

– Très bien documenté, donc. Dans tous les sens.

– Oui. Cela m'a donné à réfléchir sur l'instrumentalisation des êtres dans le cadre des relations sociales.

– Explique-toi.

– Disons, lorsqu'une rupture a été consommée entre deux êtres qui étaient si proches l'un de l'autre que leur relation avait donné naissance à une progéniture, marque indélébile et indéniable de la situation affective dans laquelle se déroulaient une partie de leurs rapports, on ne peut cependant assurer qu'il y ait eu plus qu'un lien banal qui les a unis pour un moment de plus ou moins longue durée, puisque la séparation a révélé ultérieurement l'absence de cette chose recherchée au départ et qu'ils pensaient avoir trouvée l'un dans l'autre, qui fit que l'un alla vers l'autre avec plus ou moins de réciprocité dans la force de l'élan. Dans ce cas, peut-on réellement admettre, sincèrement penser, que l'un des partenaires aurait mis en branle un mécanisme ayant le seul but de lui procurer un confort, de l'argent, des enfants, une position ou une amélioration de sa position, reposant sur l'instrumentalisation de l'autre pour réaliser son objectif, jouant par ce fait avec la vie de l'autre ?

– L'enjeu dans ce cas paraît disproportionné.

– C'est aussi ce que je pensais jusqu'à ce que je tombe sur le bouquin de Jacques Rossi, *Fragments de vie*. Il a passé presque vingt ans dans les camps communistes. Ce sont des bribes de vie en Sibérie qu'il raconte. Une fois, il se promène en mission avec d'autres prisonniers dans la neige et le froid.

Ils trouvent un homme gelé, assis les mains autour des genoux. Au cou, il a deux entailles près de la jugulaire et deux grandes plaies aux flancs. On lui a sucé le sang et bouffé les reins. Rossi explique que la pratique est courante. En cas d'évasion, les truands emmenaient un jeune ou un novice qui servirait de provisions s'ils venaient à manquer de vivres. Son sang était bu chaud et ses reins consommés crus, car faire du feu aurait révélé leur position à leurs poursuivants. Pourquoi pas le foie ou le cœur, il ne le dit pas. En revanche, il dit qu'il reconnaît le gars. Il avait quinze ans. Pour te dire que question instrumentalisation de l'autre, ça peut aller encore plus loin que ce que l'on voit journellement. Ce n'est plus du cannibalisme au figuré. Plus rien à voir. Ce qui m'anéantit, ce n'est pas qu'un mec soit bouffé par les autres. On peut le concevoir. Rare, mais envisageable. Disons, tu te retrouves dans une situation où ta seule chance de survie est de t'envoyer le voisin, je ne dis pas.

– Cela s'est vu. L'avion fracassé dans la cordillère des Andes ?

– Exact. Ou ils bouffaient les cadavres des passagers défunts ou ils crevaient sur place. Remarque, certains ont préféré se laisser périr plutôt que de becqueter de la chair humaine. Mais longtemps à l'avance, prévoir un plan en conséquence… ! Sympathiser avec un gars pour le cas échéant le bouffer, c'est autre chose. Rossi spécifie que c'était les truands qui en étaient capables. Moi, je me demande s'il n'est pas resté naïf à ce propos.

– Tout le monde en serait capable ?

– N'importe qui, c'est sûr. Pour sauver sa peau. Pas forcément une question de milieu ou d'éducation. D'après moi, c'est une partie de la honte qu'éprouvent les rescapés des camps. Ils sont vivants parce qu'ils ont dû choisir pour eux à un moment donné. Ils ne se pardonnent pas d'avoir été égoïstes, alors qu'ils n'ont fait que suivre leur instinct de conservation.

– En somme, tout l'envers d'un mec qui embobine une mémé en lui faisant le coup du rentre-dedans pour se barrer six mois plus tard avec ses économies », lance Éliane pour essayer d'alléger la conversation.

– Tout à fait. A part que la mémé, elle a seulement perdu son fric.

– Et sa confiance en la gente masculine.

– Peut-être, elle avait trop confiance en elle et croyait tous les bobards du prince charmant trente ans plus jeune qu'elle ! ». Leur rire fit s'envoler les dernières miettes du plateau.

Éliane partie, Chloé prit un livre. Elle voulait se préparer pour son prochain colloque. D'autre part, elle effectuerait un remplacement en fin de matinée et devrait avoir toute sa concentration à sa disposition. Madeleine Ruiter lui avait demandé d'écouter les présentations de ses étudiants. Elle-même serait chez son psy et incapable de revenir à temps à la faculté. Chloé avait accepté avec enthousiasme. Entendre des opinions différentes sur la littérature du XXIe siècle lui plaisait ardemment et elle était curieuse de voir quels livres recueillaient la préférence des jeunes.

6.

Il se tenait devant elle, gauche et souriant. Il alla droit au but.

« Je vais être très franc avec vous. J'ai une autre prof depuis, maintenant, trois ans. Seulement, voilà : j'ai l'impression de ne pas avancer. Elle me dit des trucs que je ne comprends pas. Elle n'explique jamais ! Alors, je lui ai envoyé une lettre pour lui dire que je ne prendrai plus de leçon pendant quelque temps. Que je veux voir venir. Pendant ce temps-là, je cherche un autre prof.

– Tu sais, je n'ai pas l'habitude d'accepter les étudiants des autres professeurs sans qu'ils me les envoient eux-mêmes.

– Non… mais, je l'ai prévenue.

– Je veux bien regarder ta voix.

– Oui. Ce que je voudrais, c'est faire uniquement de la technique. Avoir l'impression que je comprends ce que je fais.

– Je vois ».

Éliane avait tellement souvent entendu cette histoire que bien malgré elle, elle se laissa attendrir. Elle s'assit au piano.

« Sais-tu ce que c'est que ton larynx, tes sinus, ton diaphragme ?

– Mes sinus, oui. Mon diaphragme, c'est là non ? »
Il plaça ses mains sur ses côtes à hauteur des reins.

– Le diaphragme est le muscle, dirons-nous, la paroi qui sépare la cavité de l'abdomen de la cage thoracique où se trouvent tes poumons. Les poumons, tu connais, non ?

– Oui, oui. » Ils rirent tous les deux de bon cœur. La glace était rompue. « Donc, ce diaphragme, plus ou moins tendu, agit un peu comme une peau de tambour sur laquelle l'air résonne. Trop tendu, tu as un son sec avec peu d'harmoniques. Trop lâche, le son est mat et mou et ne porte pas. Jusqu'ici, c'est clair, je crois.

– Pas de problème.

– Il y a un autre aspect. Il a une autre fonction par rapport au chant. Il aide à régler la pression de colonne d'air qui, lui, est incompressible. Si tu l'abaisses, tu dégages les cordes vocales qui vibrent alors librement. Voici une partie du contrôle de la respiration. Nous y reviendrons plus tard. Pour l'instant, je voudrais surtout que nous travaillions sur tes mâchoires et la position de ton larynx. C'est-à-dire, si tu veux être mon étudiant.

– Oui, j'aimerais venir régulièrement et travailler ma technique. »

La mère d'Éliane, Janine Marquant, avait comme la plupart des cantatrices, gardé son nom de jeune fille à la scène. Tradition qu'Éliane avait poursuivie pendant la période de son bref mariage. Peu parmi le public connaissait leur filiation. Sa mère était l'idéal sur lequel elle avait essayé de modeler sa vie. Ses parents étaient décédés dans un accident d'avion pendant son voyage de noces. L'égoïsme et la vanité de son mari s'étaient révélés à cette occasion. Il fut incapable d'assumer son rôle de consolateur et de protecteur. Éliane, offusquée et déchirée dans les profondeurs de son être les plus intimes, entama la procédure de divorce peu après les funérailles. Quelques mois plus tard, ils se séparaient définitivement pour ne plus se revoir qu'à de rares occasions mondaines.

Ébranlée par le naufrage de son mariage et la perte soudaine de ses parents, elle s'était réfugiée dans la musique ; le seul monde qu'elle connut vraiment et qui lui inspirait confiance. Elle refusait de sortir, si ce n'était pour aller à un concert ou à l'opéra. Elle restait des journées d'affilée à écouter des œuvres entières les unes après les autres, les partitions sur les genoux, de préférence, et le son poussé au maximum. Elle se nourrissait de biscuits et de fruits secs qu'elle piochait à même le paquet posé à côté d'elle. Elle laissait le téléphone sonner et ignorait les messages du répondeur lorsqu'elle ne le débranchait pas complètement. Le courrier s'entassait dans le bureau, empilé par les soins de la femme de ménage qui passait régulièrement deux fois par semaine. C'était la seule visite qu'elle tolérait. Ses amis respectaient sa douleur.

Puis, un soir à l'opéra, une inconnue l'avait accostée pour lui demander un conseil sur sa voix. Éliane l'avait invitée à venir le lendemain chez elle pour l'écouter. La période de deuil était terminée. Elle se remit au travail, trouva sa voix changée et aborda les grands rôles dramatiques qu'elle interpréta dans les théâtres lyriques autour du monde. Sa réputation de travailleuse acharnée et indéfectible lui apporta les contrats nécessaires à une carrière plus que décente. Bien sûr, tout son travail aurait été inutile sans cette voix d'un beau velours sombre, aux accents un peu spéciaux, jamais en défaut et que tout un chacun reconnaissait entre mille. La Vermont était née.

En souvenir de cette étudiante qui, un soir, l'avait abordée à l'opéra, Éliane se consacra aussi à l'enseignement et devint une pédagogue recherchée grâce à sa compréhension de l'instrument et à ses facultés à transmettre son savoir. Elle acceptait aussi bien les débutants que les étudiants plus avancés du moment qu'ils étaient engagés et prêts à faire les sacrifices indispensables. Sa méthode donnait de bons résultats. Elle était fière de ses élèves et ils l'adoraient sans exception. Ce qu'elle leur rendait bien. D'aucuns lui reprochaient ce qu'ils croyaient être de l'arrogance sans voir qu'elle ne faisait que se prémunir contre une déception qu'elle pensait inévitable. C'était pour cette raison et seulement pour cela qu'elle gardait ses distances et créait si besoin un espace entre elle et les autres. Un fossé infranchissable qui lui garantissait liberté et protection.

7.

Pierre absorbait avec dévotion les explications d'Éliane.

« Tu vois, on a beau dire, mais bien que le son doive avoir la même qualité, il y a des divergences fondamentales entre les voyelles.

– Tu veux parler des nasales et des orales ?

– Oui, bien sûr. Il y a les nasales et les orales et les arrondies et les plates. Ensuite, on peut les classer d'après leur degré d'aperture. Fermées le i, le u, le ou. Mi-fermées le é, le eu, le o. Une seule moyenne : le e muet. Les mi-ouvertes le è, le in, le on, le un et les ouvertes : le a et le au.

– Donc une nasale peut aussi être ouverte ou fermée ?

– C'est cela même. Elles peuvent être classées d'après leur lieu d'articulation, on les baptise alors palatales, vélaires, post-palatales ou bien d'après le mode d'articulation ou la participation des lèvres également. En fait, là n'est pas la question. Ceci concerne les phoniatres, les linguistes. Pour nous, vocalistes, une chose importe, une seule. Chaque voyelle, quelle que soit sa classification scientifique doit être produite exactement au même endroit, avec la même attitude du phonateur.

– Alors, pourquoi en parler ?

– Parce que nous devons être conscients du

nombre incalculable de petits muscles et de nerfs qui entrent en fonction dans la production du son.

– Si je prononce un « ou » ou un « i », ce sont d'autres muscles qui travaillent ?

– Théoriquement, oui. Mais, pour nous les chanteurs, ce sont les mêmes.

– Comment est-ce possible ?

– Nuance notable dans l'approche. Un phoniatre part du principe qu'une voix est malade. Il veut la guérir, la transformer. Le linguiste, comme tout scientifique, est bloqué par le programme de recherche auquel il doit conformer sa thèse sous peine de se voir couper les subsides ou de rester sans éditeur. Le chanteur, lui, entend dans chaque voix un individu à part entière, un appareil sain dont il veut uniquement élargir les possibilités. Pour moi personnellement, chaque voix a sa beauté propre avec son identité, son caractère, son niveau actuel de capacités. Un étudiant vient vers moi pour les agrandir. Améliorer son instrument.

– Ma voix est normale ?

– Sans aucun doute. Tu peux déjà plus que ce que tu pouvais il y a deux mois. Dans deux mois, ton pouvoir aura encore augmenté.

– Formidable !! Pour être franc, je me sens même plus puissant, dans le sens de capable, qu'il y a trente minutes. Chaque fois que je sors de chez toi, je plane. J'ai l'impression d'avoir appris quelque chose.

– C'est ainsi que cela devrait être. Je ne te donne pas de leçons, je te les vends. Autrement dit, tu dois en avoir pour ton argent, progresser. Nous avons affaire à des muscles innombrables qui agissent indépendamment de notre volonté.

– Indépendamment de notre volonté ?

– Oui. Figure-toi qu'à chaque note que tu émets, tu es loin de donner un ordre genre : maintenant, je veux que mes cordes vocales vibrent à 880 pulsations par secondes. »

Pierre s'esclaffe.

« D'accord. Je comprends. Continue. C'est passionnant.

– Donc, ces muscles inconscients, si j'ose dire, ne peuvent être actionnés que par des idées, des images, des métaphores. D'où la nécessité de changer notre manière de penser.

– Tu crois que l'on puisse devenir chanteur ?

– Pour paraphraser Beauvoir à l'envers "On naît chanteur, on ne le devient pas". En revanche, on apprend à se connaître, à se manipuler, si tu préfères.

– N'est-ce pas vrai pour tout le monde ?

– En un sens, certainement. Mais, le chanteur doit aussi en supplément produire une voix, un son qui réponde exactement aux critères requis. Le même instrument que celui de la conversation. Cependant, lorsque tu chantes, tu es de plus confronté à l'organisation structurée des sons : la musique. Tu produis pour reproduire.

– Et dans l'improvisation ?

– Tu suis la voix à cent pour cent.

– Je suppose que pour ça, il faut une technique sans

défaillance ?

– Ou une confiance à toute épreuve !!!

– Peut-on faire confiance sans technique ?

– Disons qu'il te faut amasser tellement de technique pour que tu puisses passer outre.

– Donc ?

– Donc. Tu travailles, tu travailles sans discontinuer, et il arrive ce qu'il arrive.

– Et je l'accepte.

– Tu as compris. »

8.

Cet homme qui passait le seuil, jeune encore, était vraiment obèse. Au moins cent kilos. Éliane percevait mal les gens qui se laissaient aller. Elle les suspectait d'enfouir leur chagrin sous leur poids. Elle-même essayait de gérer sa silhouette au maximum. Été comme hiver, elle faisait une heure de marche par jour et arpentait le chemin d'un pas ferme. Sa sœur le disait toujours : un exercice sain et bon marché. Dans un sens, elle avait peu de mérite à garder son allure de jeune fille. Elle buvait rarement de l'alcool et bien entendu, elle ne fumait pas une seule cigarette. Le tabac, c'était compréhensible. Pour la voix, pas très recommandé. Question alcool, c'était par manque de goût. D'ailleurs, cela ne lui procurait aucune euphorie. Elle préférait de loin les vocalises qui lui nettoyaient la tête. Ainsi évaluait-elle les mensurations du jeune homme, légèrement surprise.

« Entrez, je vous prie.

– Merci.

– Désirez-vous une tasse de thé ? » Et en toute simplicité, elle le précéda à la cuisine pour faire bouillir de l'eau.

De son côté, Richard revenait à peine de sa surprise. La femme qu'il avait devant lui ne ressemblait en rien à son attente. Il avait imaginé une grosse blonde, bien soignée certes, mais blonde. Il se trouvait en face d'une rousse pétulante aux yeux de braise, svelte comme un roseau. Contrairement à ce qu'il avait pensé, elle ne portait aucune bague à ses doigts manucurés aux ongles ras. En revanche, une chaîne en or avec une clé de sol pendait à son cou. Ses seins petits et hauts plantés perçaient sous l'étoffe. Si c'était son nouveau prof, sûr qu'il allait se remettre à chanter !

Ils passèrent dans le salon où trônait un piano à queue gigantesque. Les murs étaient couverts de photos de célébrités du monde lyrique. Au-dessus de la cheminée, un immense portrait d'Éliane, surplombant les canaux d'Amsterdam.

« Très beau portrait ! claironna Richard à la ronde en déposant son sac.

– Merci. »

Ils s'évaluèrent du regard pendant deux ou trois secondes. Éliane, comme à son habitude, prit la direction des opérations.

« Dites-moi exactement, pourquoi voulez-vous chanter ?

– C'est à dire que mon père était ténor et je suis aussi ténor. J'ai déjà chanté sur scène, mais j'ai embrassé une autre profession. Maintenant, je me rends compte que j'aurai dû continuer à chanter. C'est pour cela que je veux prendre des leçons.

– Oui, c'est possible. Quel était le répertoire de votre père ?

– …

– Que chantait-il ?

– Il chantait toutes les chansons que chantent les ténors.

– C'est-à-dire ?

– Enfin, il n'était pas un ténor professionnel. Il était dans l'armée. Il faisait partie d'une chorale pour son plaisir.

– Ah ! Très bien. Et vous ?

– Moi ?

– Oui. Vous. Que chantez-vous ?

– Je… enfin…. cela fait plusieurs années que je n'ai pas chanté.

– Cela ne fait rien. Que chantiez-vous ?

– Comme je vous l'ai dit, j'ai chanté Gilbert et Sullivan.

– Quel rôle ?

– Capitaine Fiddle.

– Très bien. Levez-vous. Venez près du piano. Je voudrais entendre votre voix. »

Richard reposa sa tasse sur la petite table près de son fauteuil et s'approcha du piano. Ses yeux ne quittaient pas ceux d'Éliane.

Elle plaqua quelques accords pour le mettre à l'aise, puis joua une suite de notes simples.

« Reproduisez ces notes-là sur o, s'il vous plaît.

– O, o, o, o, o, o, o, o, o. ♪♫ ♫♪♫

Elle montait à chaque fois l'exercice d'un demi ton.

– Maintenant sur a. » Richard s'exécuta.

« N'ayez pas peur. Cela n'est pas grave de ne pas y arriver du premier coup. »

Richard s'appliquait à faire ce qu'elle lui demandait. Une heure s'écoula ainsi. Elle proposait un exercice qu'elle lui jouait préalablement au piano et le lui répétait avec la voix. Toutes les voyelles de l'alphabet y passèrent sur tous les tons. Lorsqu'ils eurent terminé, la sueur perlait à son front. Il était en nage.

« Désirez-vous une tasse de thé ?

– Oui, volontiers. » Il se laissa tomber épuisé dans le fauteuil.

« Pour vous dire la vérité, je pense que vous êtes un ténor, mais votre voix est dans une condition déplorable. Pour la remettre en état, il va vous falloir beaucoup de patience et de persévérance. Je peux vous aider. Cependant, je ne peux rien vous garantir. Tout dépendra également de votre aptitude au travail. Il est impossible de faire un pronostic après une heure. Disons que vous avez des possibilités.

– Le travail ne m'effraie pas.

– Très bien. La discipline ?

– Je vois ce que vous voulez dire. J'essaie.

– C'est tout ce que l'on peut faire. Essayer et essayer encore. Vous voulez revenir ?

– Si c'est possible, oui. J'aimerais apprendre avec vous.

– Très bien, revenez. »

9.

L'ascenseur arriva au rez-de-chaussée. Richard, sur le point de s'engouffrer entre les portes coulissantes, s'arrêta pile, sidéré par la vision qui s'offrait à lui. Chloé était tout aussi stupéfaite de le trouver sur son passage.

« Toi ici ! » s'écrièrent-ils simultanément. La surprise leur coupa le souffle. Un instant, ils oublièrent le monde autour d'eux, balayés par un tourbillon de souvenirs qui les propulsait plusieurs années en arrière.

« Toujours aussi belle. » finit-il enfin par articuler. Elle avait si peu changé.

« Tu as un peu grossi non ? » remarqua Chloé trop surprise pour trouver autre chose à dire que la vérité. Richard sourit à sa spontanéité.

« C'est un understatement. » Les yeux écarquillés, ils s'observèrent en silence. Ils n'éprouvaient aucune rancune l'un envers l'autre. Seule la vie les avait séparés.

« Tu habites ici maintenant ?
– Je viens voir quelqu'un, » éluda Richard qui voulait éviter d'avouer qu'il prenait des leçons de chant. « Et toi ?
– Je reviens de chez une amie. » Elle décida de prendre l'initiative : « Si tu veux, on pourrait prendre un verre ensemble for old time's sake !
– Avec plaisir. Quel est ton numéro ? » Il lui donna

le sien. Avec une petite vague de tendresse ami-
cale, elle comprit que son numéro de portable était
resté inchangé.

– Je te passe un coup de fil ce soir.

– D'accord. »

Parvenu chez Éliane, Richard se dit qu'il devait
avancer ses affaires. La rencontre avec Chloé lui
avait remis en esprit des souvenirs agréables et lui
faisait envier une relation. Pourquoi pas avec son
professeur ? Il était impossible de renouer avec
Chloé, cela, il ne le savait que trop bien.

Il était là, devant elle. Plus exactement à côté
d'elle. Assis de trois-quarts à la table de la cuisine.
Il faisait nuit. La lumière cuivrée des appliques les
enveloppait d'un voile d'intimité. Elle servit le thé.
Ses yeux bleus la fixaient.

« Je veux avoir une relation avec toi.

– … !!?

– Je suis entiché de toi. Je t'aime bien. Je veux
avoir une relation avec toi.

– Impossible. Je suis ton prof. »

Le silence s'établit entre eux. Richard porta tranquillement la tasse à ses lèvres. Il la regarda, aspira
une gorgée sans la quitter des yeux. Il reposa la
tasse sur la soucoupe. D'une manière délicate.
Sans faire de bruit. Éliane se sentit prise au piège.

Elle ne pouvait que répéter sa phrase.

« Ce que tu demandes est impossible. Je suis ton prof.

– Pourquoi ?

– Pourquoi quoi ?

– Pourquoi serait-ce impossible ?

– Je viens de te dire que je suis ton prof.

– Je suis majeur.

– Je sais. Il s'agit d'autre chose.

– De quoi alors ?

– D'éthique. Une question d'éthique. T'ayant accepté comme étudiant, je suis responsable de ta voix, de tes progrès vocaux.

– Imagine un peu comme je serais motivé si nous avions une relation. Ça marcherait un peu comme la carotte.

– La carotte, c'est plutôt toi qui l'aurais !

– Qu'est-ce que tu veux dire ?

– T'inquiète pas. Une bêtise.

– Ah ! Bon. Je te promets de faire de mon mieux.

– Je n'en doute pas. »

Éliane avait beaucoup de mal à maîtriser la situation. D'autant plus de mal qu'il lui plaisait bien. Elle aimait sa compagnie. Une relation charnelle lui paraissait cependant prématurée. Pour ne pas dire impossible.

« De toute façon, il est beaucoup trop tôt pour en parler.

– Nous nous connaissons déjà depuis deux semaines.

– C'est ce que je dis. Beaucoup trop tôt. Tu dois penser à ta voix. C'est la raison pour laquelle tu viens me voir.

– Tu te trompes. Je viens te voir car tu me plais. Tous les jours, je m'entraîne au club de musculation, mais je garde le jeudi pour toi. Pour profiter de ta compagnie.

– Si ça continue, tu vas me dire que tu penses à moi toute la semaine !

– Toute la semaine, peut-être pas. Ce serait exagéré, mais très souvent. C'est certain. Jamais une femme ne m'a fait un tel effet. Tu arrives à tirer de moi des trucs que je ne savais pas posséder.

– C'est normal, je suis ton prof. Je dois pouvoir t'aider à te découvrir. Bien entendu, le changement de la voix passe aussi par un certain mouvement de la pensée ce qui produit une transformation de l'appréhension, donc de la personnalité. C'est psychologique.

– J'aime ce que tu fais avec moi et je voudrais te voir beaucoup plus souvent. Si nous avions une relation, ce serait possible.

– Écoute. Je t'ai, en fait, donné ma réponse sur ce point. Je ne peux par dire que cela ne se produira jamais, mais pour l'instant, c'est exclu. Nous devons penser à ta voix. »

Richard se leva et s'approcha d'Éliane. Il tenta de la prendre dans ses bras. Elle se déroba d'un tourbillon.

– Vois comme je commence à t'encercler !

– Tu profites de mon hospitalité.

– Est-ce vrai ?

– Oui. Garde tes distances. Ne me touche pas. Je peux te donner mon amitié en supplément de ma connaissance. N'en demande pas plus. D'ailleurs, il se fait tard. Tu devrais partir. Tu m'as dit devoir te lever tôt demain.

– C'est vrai. Dis-moi. Que fais-tu tout à l'heure ?

– Aucun plan pour l'instant.

– Nous pourrions nous voir.

– Je me demande si c'est bien sage. Mais, en effet, on pourrait. Pourquoi ne commences-tu pas à m'inviter à dîner au lieu de commencer de but en blanc par évoquer des rapports physiques ?

– Tu sais, je cuisine très bien.

– Eh bien, voilà qui est déjà beaucoup mieux.

– Viens dîner chez moi. Je te jure que nous ne ferons rien de ce que tu ne veux pas. »

Éliane le sonda profondément des yeux. Il avait l'air sincère.

– Bon d'accord. Je viendrai. Quelle heure ?

– Vers huit heures. Que désires-tu manger ?

– Des trucs simples. Je ne sais pas ! Des crudités, de la salade. Prépare ce que tu veux. J'aime tout.

– Tu n'en as pas l'air !

– C'est pourtant ainsi. Je ne suis vraiment pas difficile. Après tous ces voyages à avaler n'importe quoi… Je te jure que je m'en moque. Je viendrai pour te voir toi et ton environnement, pas pour la nourriture.

– Alors, à tout à l'heure.

– A plus tard ! »

Richard se retint de la prendre dans ses bras. Éliane se sentait déchirée entre son éthique et ses émotions. Elle devait s'avouer avoir un peu peur. La porte refermée sur lui, elle se traita de crétine.

C'était à chaque fois pareil. Souvent, un de ses étudiants recherchait plus que ce qu'elle pouvait ou voulait lui donner. Elle devrait démontrer à Richard que sa requête n'était pas envisageable, mais en serait-elle capable ?

10

Une jupe en cuir noir, des bottines en chevreau du même ton et un pull largement échancré assorti, Éliane avait soigné sa mise comme à l'accoutumée. Blottie dans son manteau de laine peignée, elle se dirigeait vers la porte d'entrée. Elle savait que Richard avait épié l'arrivée de son taxi ; elle avait discerné sa silhouette dans l'ombre derrière la vitre du deuxième étage, mais elle ne ressentait aucune appréhension lorsqu'elle sortit de l'ascenseur. La porte de l'appartement était grande ouverte ; Richard sur le palier. Elle lui tendit la main.

Après les préliminaires d'usage, il lui fit faire le tour du propriétaire, marquant un arrêt significatif devant le grand lit blanc de la chambre à coucher. Éliane fit celle qui ne remarquait rien ; il enchaîna conciliant :

« Tu veux un apéritif ?

– Oui ! C'est en haut ?

– Viens. Montons. Tu as tout vu. »

En effet, le loft se divisait sur deux étages. En bas, la section sanitaire, la chambre à coucher, une chambre d'amis. En haut, un séjour grand comme la place de la Concorde et une cuisine ouverte. Une terrasse déserte longeait tout l'appartement.

« Tu n'as pas de plantes ?

– Non ! et aucun animal familier non plus.

– En revanche, je vois que tu as pas mal de livres.

– Oui, j'aime lire. »

Éliane s'avança et découvrit dans le renfoncement le grand piano et des partitions.

« Formidable ! Tu as un instrument.

– J'ai pensé que si je recommençais à chanter, c'était préférable.

– C'est sûr. »

Elle parcourut du doigt les titres des albums.

« Tu devrais toujours tout chanter en langue originale. N'utiliser les traductions que pour la compréhension du texte si tu ne parles pas la langue dans laquelle tu chantes.

– Mais, c'est impossible de parler toutes les langues !

– Pas du tout ! C'est important de les connaître pour l'interprétation. Les traductions collent rarement tout à fait à la musique. Il y a des heurts inévitables qui malheureusement restent évidents même dans les très bonnes traductions.

– Alors, peut-être que je ne devrais chanter que de l'anglais.

– En dernier ressort, certainement. Mais, pour libérer ta voix, c'est bien de prendre l'italien que tu ne parles pas. Comme cela, tu n'es pas gêné en essayant de transmettre un sens aux mots. Tu suis la musique, la ligne musicale. Les Italiens sont parfaits pour cela. »

Une fois de plus, Richard était subjugué par les explications d'Éliane.

« Pour toi, tout coule de source. Pour moi, c'est

tout nouveau. J'ai toujours cru qu'il fallait savoir ce que l'on chante.

– Bien sûr qu'il le faut. Mais, à la condition de posséder l'instrument pour le faire. Il y a un temps pour tout.

– A propos de temps, je pense que le dîner est prêt. »

Pendant une année, Richard avait suivi des cours de comptabilité. En général, il supportait mal les autorités dans ce sens qu'elles étaient souvent plus autoritaires que compétentes. Il se rappelait avec acuité le différend qui l'avait opposé à un instructeur des aptitudes communicatives qui pérorait :

– La poignée de main socialement dominante a été observée dans les années soixante par les anthropologues. C'est le comportement instinctif des hommes socialement dominants dans le monde des affaires et prend la forme d'une surenchère pour l'obtention de la dominance sociale. Lorsque A et B se serrent la main, A tourne leurs mains vers l'intérieur pour avoir le dessus sur B. B pose sa main sur celle de A, le contact semble empreint de cordialité. A prend B par le coude, donnant l'impression d'être très chaleureux. B déplace sa main de l'emprise de celle de A vers l'épaule de celui-ci. La scène évoque une grande intimité, voire une amitié sincère entre les deux hommes.

« Quelle connerie ! » s'était exclamé Richard.

« Monsieur Price, nous avons fait des recherches considérables dans le domaine du comportement social. Les psychologues sont tous d'accord sur le sujet. Débuter une négociation avec la poignée de main que je viens de décrire, vous donne l'avantage psychologique sur votre partenaire.

– Veuillez excuser mon interruption, mais puis-je parler franchement ?

– Je vous en prie, » avait répliqué l'instructeur légèrement piqué.

« Ce sont vraiment des âneries. J'ignore ce que ces clowns de l'institut de recherche ont observé dans les années soixante mais, ce genre de poignée de main est dépassé. C'est de nos jours une faute grave en affaires. L'effet en est temporel et partiel ; ça donne uniquement l'impression d'être en présence d'un supérieur si vous ne connaissez pas les règles du jeu. Mais, à l'heure actuelle, tout le monde en a entendu parler. Si vous essayez de l'appliquer, on vous accusera de manipulation psychologique. Si vous négociez avec une personne qui est anxieuse à propos de son job ou peu sûre de ses capacités professionnelles, vous pourriez peut-être l'essayer. Cependant, en règle générale, vous n'en avez pas besoin avec une telle personne. De toute manière, vous n'êtes pas supposé battre un client pendant une négociation. La semaine dernière, votre collègue nous a appris que des négociations devaient être profitables à tous les partis engagés. Lequel de vous deux voit juste ? »

Richard était un ingénieur par nature, pas un comptable. Les finesses de ces spéculations lui échappaient totalement. Il était toujours direct dans son approche. Aucune raison pour qu'il change. Avec Éliane, rien de tel. Il ne sentait pas le besoin de l'interrompre. Ce qu'elle lui disait n'était pas en contradiction avec ce qu'il savait. C'était différent. Elle lui parlait de choses dont personne jusqu'à présent ne lui avait parlé. Ni son père, ni ses anciens professeurs. Tout était nouveau et il l'écoutait avec attention et plaisir.

Il posa sur la table des ramequins de toutes tailles, de formes et de couleurs différentes avec des crudités coupées en fines lamelles à la manière japonaise.

« J'ai pensé que tu aimerais les couleurs.

– Oui, c'est ravissant. Une invitation au grignotage. »

Éliane voyait que Richard s'était surpassé pour lui faire plaisir. Enjouée, elle entama ce premier repas en tête à tête. L'invitée parfaite ! Rapidement la conversation roula sur des sujets sérieux. Ils parlèrent de polars et, tout naturellement, en vinrent à la torture.

« J'ai toujours eu peur de la torture, confia Richard légèrement emphatique. Rien que d'y penser, mon cerveau se liquéfie de terreur, mes dents se heurtent. Je sens mon estomac se révulser si je m'imagine lié à une chaise avec en face de moi des tortionnaires qui m'arrachent les ongles ou m'écrasent les doigts à la tenaille. L'horreur m'envahit d'être aveuglé par une lampe avec une roulette de dentiste qui m'irrite un nerf. Non, j'en suis persuadé, jamais je ne pourrais résister à la torture. Je chierais dans mon froc, je me souillerais de bave, je crierais, je m'évanouirais si l'on m'y soumettait. Pénétrer dans une maison en flammes. Oui. Je pourrais le faire. Dans mon cas, il s'agirait plutôt de témérité. Je reçois une dose d'adrénaline et je fonce sauver le bébé qui hurle dans son berceau. Un acte héroïque. Pas que je veuille retirer le mérite des pompiers. Non. Parce que répéter ce geste journellement est une autre histoire. En fait, j'aimerais être un héros et je ne suis qu'un pleutre. J'en suis certain. Pendant la guerre, dans la résistance, j'aurais vendu mes copains sous la torture. Remarque bien que je ne me voie pas en tortionnaire non plus. Enfant, j'ai quelques fois arraché les ailes des mouches, gardé des papillons sous une cloche de verre, attaché des hannetons par une patte à un fil. Pourtant, c'est différent. Aucun ne criait pitié. Mais, torturer un être humain… je ne le pourrais pas. Si encore, il restait courageux, qu'il soit question d'un rapport de forces. À condition qu'il cache parfaitement sa souffrance, je ne dis pas… peut-être. Au premier cri ou pire, à la première insulte ou même à l'ébauche d'un gémissement, je serais incapable de poursuivre. Je l'avoue. Je suis lâche alors que je voudrais être un héros. »

Éliane l'écoutait avec une attention croissante. Peu

de gens s'analysaient aussi sciemment. Cependant, sous le découragement apparent perçait le désir de se faire consoler.

« Tu es un peu trop sévère avec toi, commença-t-elle, et puis tu mélanges deux trucs. La douleur physique et la trempe de caractère ne sont pas liées. Sur un point, tu as raison. La torture est un acte complexe. Je crois que les tortionnaires ne sont pas nécessairement cruels, comme on le dit souvent. Je les crois plutôt indifférents aux autres et dépourvus d'empathie. Tu te traites de lâche parce que tu manques de la dose de cruauté requise pour faire souffrir quelqu'un. Mais, c'est à ton honneur d'être attentif aux autres, de les respecter et de pouvoir t'identifier à eux. Tu recherches un adversaire à ta mesure puisque tu admets le rapport de forces.

– Tu crois que je ne suis pas lâche ! Mais, je ne supporterais pas d'être torturé non plus.

– Moi non plus, tu sais ! Si tu prends le SM, par exemple. Dans un sens, je comprends l'extase des bourreaux. En torture ou en SM, cela me révolte. Malgré tout, je sais qu'il existe des gens qui prennent leur pied en torturant les autres. Ce que je n'arrive absolument pas à assimiler, ce sont ceux qui aiment se faire torturer, que la souffrance puisse leur procurer de la jouissance, qu'ils préfèrent la souffrance au plaisir. Ou bien est-ce que le plaisir est une souffrance ? Je veux dire, est-ce qu'il est aussi près de la souffrance que le rire des larmes ? Est-ce la même chose ?

– C'est peut-être la question primordiale. Ce que l'on prend pour des extrêmes, ne sont en fait que des compléments ou des similarités.

– J'ai parlé une fois avec un grand joueur de tablas indien qui m'a dit "La souffrance, c'est aussi un plaisir". J'y ai souvent repensé depuis et je me demande si l'inverse est valable ?

– Le plaisir, c'est aussi une souffrance ?

– Oui. J'ignore s'il y a eu beaucoup de recherches valables là-dessus. Il faut une force de caractère indéniable pour transformer la souffrance en plaisir, sans parler des masos, bien sûr.

– Oui, mais eux, ce qu'ils font, c'est transformer le plaisir en souffrance. Donc, l'inverse doit être possible.

– Tu crois que les masos jouissent de la souffrance ?

– Tu as raison. De fait, il faudrait considérer deux sortes de souffrance ou de plaisir : le côté physique et le côté moral.

– On parle souvent d'un seuil de douleur plus ou moins élevé. Rarement de seuil de plaisir.

– La douleur et la souffrance sont tout de même loin d'être identiques.

– Comme l'articulation et la prononciation ? » Richard se moquait gentiment, ce qui échappa à Éliane qui se lançait dans son sujet préféré.

« Tout à fait. L'émission, la prononciation, l'articulation, c'est quoi au juste ? Il y a un tas de mots et d'expressions que les gens emploient l'un pour l'autre à tort et à travers. Cela brouille les cartes au lieu d'éclaircir le problème.

– Langue et langage ?

– Pour ne prendre que ces deux-là. Entendu, la différence est subtile et certainement difficile à cerner, mais néanmoins présente. Le point n'est pas que tout le monde soit d'accord quant à la signification, mais de la définir dans un contexte donné.

– Ce qui donne un consensus amovible.

– J'en conviens, mais je n'ai pas trouvé mieux jusqu'à présent.

– Si je te suis, pour langue et langage, tu pencherais du côté de Saussure.

– Absolument. Mais, signifiant et signifié, c'est clair. C'est le contenant et le contenu.

– La langue est le contenant et le langage le contenu, non ?

– D'accord. Je tends à croire qu'il existe encore une dimension. C'est la mélodie du langage qui est indépendante de la langue tout en lui étant indispensable. A ce sujet, James Rush a écrit un traité fabuleux, *La Philosophie de la voix humaine*, un bouquin délirant ! Il distingue des signes vocaux ou naturels et des signes verbaux ou artificiels. Il est conscient du fait que lorsqu'une personne parle, ces signes audibles sont rarement produits isolément mais, qu'ils sont unis simultanément dans l'expression et employés dans toutes les combinaisons compatibles possibles ! Il reconnaît cinq attributs à la voix humaine : l'oralité, la force, le temps, la brusquerie et le diapason.

– Rush ? Celui qui possédait une voix plus douce

que n'importe quelle flûte ?

– Non. Lui, c'était son père, Benjamin. James Rush, lui, avait peu de talent oratoire. En revanche, son ouïe était d'une sensibilité peu commune. Il a même noté la mélodie du langage. Il se plaisait au théâtre y transcrivant les drames parlés en une notation spéciale inspirée de la notation musicale. Une grande erreur des linguistes actuels est de méconnaître cette dimension de la mélodie du langage dans l'apprentissage d'une langue. Les Russes, et plus tard les Américains, en ont été très conscients. A l'institut MGU, le vivier des espions à Moscou, les agents sont soumis pendant six mois à l'écoute puis, six autres mois à la diction d'une langue étrangère sans en connaître la signification. Ce n'est que lorsqu'ils ont parfaitement maîtrisé la prononciation qu'ils commencent à travailler la signification et la grammaire. Pour te dire que les films où les mecs du KGB ont un accent épouvantable sont du flan. Un Russe sorti de cette école, est passé maître dans les registres d'une langue mieux qu'un natif !

– Moi qui ne parle que l'anglais, je suis toujours scié de voir avec quelle aisance certaines personnes parlent plusieurs langues. Mon français est déplorable.

– Oui, tu devrais t'y mettre. » Richard, sidéré par la réponse d'Éliane, la regardait les yeux écarquillés.

« Je vois, continua-t-elle, tu t'attendais à un démenti. Eh bien non ! Pas avec moi. Si tu pêches des compliments, tu en es pour tes frais !! » Elle éclata d'un rire homérique sous l'œil incrédule de Richard. Elle en profita pour s'esquiver jusqu'au vestibule où elle happa son manteau au passage.

« Tu pars ?

– Il se fait tard. » Experte, elle pianota le numéro des taxis sur son portable.

11.

La sonnerie du téléphone se vrillait avec insistance dans son rêve. Le cadran lumineux indiquait le numéro de Chloé. Encore endormie, elle colla le combiné à son oreille.

« Je peux te parler ?

– Humm…

– C'est urgent.

– Ben voyons. Vas-y.

– Ce serait mieux de vive voix. C'est super grave. On prend un café ensemble ?

– D'accord, mais passe ici. J'ai un étudiant à neuf heures.

– J'arrive. »

Éliane jeta un coup d'œil paresseux à la pendulette de voyage sur la table de nuit. Elle sursauta en fixant les aiguilles. Sept heures trente. Ce devait être sérieux pour que Chloé l'appelât si tôt. Quoique… Lentement elle choisit ses vêtements, passa sous la douche et revit le film du rêve.

Tout était crème et argent. Les coussins enfouis dans les chromes lui offraient leur refuge le long du boulevard tiède, amolli par la brise qui souffle du désert. La limousine, telle un gros insecte silencieux, longeait le bord de l'océan. Des petits oiseux folâtres aux plumes bleues, virevoltaient venant du large. Quelques-uns, plus audacieux, s'approchaient et s'écrasaient sur le pare-brise. Etoiles incarnates tranchant sur l'indigo. Posée à flanc de colline, une villa au crépi rose et aux embrasures laiteuses suggérait une pâtisserie pour appétit de géant. Un virage brusque à droite et le décor changea sans transition. Une profusion de piments verts et rouges à demi dissimulés parmi les feuillages touffus des arbustes en fleurs. Des perroquets, assourdis de soleil, dodelinaient à l'ombre des lianes ténébreuses, mêlées aux lierres, aux orchidées et aux vignes juteuses. De l'inextricable fouillis protecteur et hostile à la fois, émergea un chaton angora dont la fourrure soyeuse, jonchée d'étincelles de diamants et de rubis, s'éparpillait jusqu'à terre. Ses yeux illuminés de gaieté questionnaient avec ardeur le silence immobile qui le freina un instant dans sa somnolence repue. Au creux de l'ombre, le visage de sa mère souriait tendrement.

Chloé, moulée dans un long pull qui lui descendait aux genoux, se laissa tomber sur le petit divan de la cuisine.

« Tiens, je nous ai pris des croissants.

— Le café est prêt. Toujours pas de sucre ?

— Non, le sucre me déstabilise. J'ai fait plusieurs expériences. J'en suis certaine maintenant.

— Ça va être dur pour toi qui adores les pâtisseries.

— Plutôt ! Je vais devoir trouver des succédanés. C'est pas tant le sucré qui me plaît que certaines substances. »

Une gorgée de café prise en silence, préparait la révélation qui n'aurait su tarder.

« Le test est positif », articula Chloé. Abasourdie, Éliane réagit à retardement.

« Comment est-ce possible ? Tu ne prends donc aucune précaution ?

– Mais si, justement, s'emporta presque Chloé, mais c'est certain quand même ! »

L'affolement s'empara d'Éliane. Pas sa copine, pas elle. Pas sa petite sœur. Elle le refusait. Elle crispa les mâchoires pour ne pas hurler. Imperturbable, Chloé continua :

« Alors, tu comprends, j'ai un problème.

– C'est le moins que tu puisses dire !! » s'écria Éliane plus fort qu'elle ne l'aurait souhaité.

– To be or not to be. To become or not to become. Me vois-tu mère oui ou non ? »

La lumière jaillit dans l'esprit d'Éliane que les ténèbres avaient commencé à envahir. Son rire fusa. Impossible de garder son sérieux.

« Ce n'est que ça ? », hoqueta-t-elle entre deux quintes de rire.

– Je ne vois pas ce qu'il y a de marrant là-dedans. Est-ce que tu te rends compte du dilemme dans lequel je me trouve ?

– Absolument ! Mais il y a un instant, je pensais que tu avais le sida. Alors… ».

Ce fut au tour de Chloé d'éclater de rire.

« Je te suis ! A tout prendre… »

Éliane se leva et glissa un CD dans le lecteur.

La voix de Franco Corelli envahit la pièce et les berça avec ce qu'il y avait de meilleur dans la gente masculine. Elles écoutèrent un instant, silencieuses, les notes de l'introduction à l'air, s'égrenant en arpège brisé, reprises par les vents, créant l'ambiance d'où s'éleva *E lucevan le stelle...* Corelli et sa musicalité soutenue par une technique sans faille, une respiration infinie, semblait être à côté d'elles, là, tout près, dans la cuisine, matérialisé par l'audition d'un conglomérat de boules d'or et de cristal brassées dans l'air immobile. Inconsciemment, elles retenaient leur souffle pour mieux écouter.

« Comment pouvait-on ignorer cette musique ? » se demandait Éliane, ces lignes mélodiques si pures élevaient l'âme, elle en était certaine. Pour elle, c'était le plus puissant des élixirs magiques. Corelli maintenait son diaphragme tendu au maximum et intensifiait le son, prolongeant le la bémol au-delà du possible, semblait-il. Éliane analysait chaque note au fur et à mesure qu'elle l'entendait comme si elle les produisait elle-même, souffrant dans sa chair au tragique de ce destin incarné par le plus grand des ténors. Le temps s'étirait, la plongeant dans un univers où seuls les chanteurs avaient accès, celui de l'écoute dépassée, de l'extase contrôlée, celui du chant.

« Ce n'est pas à toi qu'il arriverait des trucs pareils, enchaîna Chloé. Pour tout dire, j'ai un gros problème. Et même deux. Primo, suis-je prête à assumer mon rôle de mère ? Deuxio, j'ignore qui est le paternel. » Éliane sursauta.

« Eh oui. Que veux-tu, j'étais infidèle à Eric. Voilà ma punition.

– Ne dramatise tout de même pas. Ce n'est pas une punition, c'est un cadeau. Pense seulement si tu veux l'accepter ou non.

– Sans savoir de qui il vient ?

– Pourquoi pas ? Cela m'arrive de recevoir des fleurs sans carte de visite. Est-ce une raison pour les laisser se faner ?

– Comme tu y vas ma chère ! Y a une légère différence entre un bouquet de roses et un bébé.

– Pas tant que ça, tu verras.

– Tu en parles comme si j'étais déjà accouchée.

– Chloé, si tu avais décidé pour l'avortement, tu n'aurais pas mentionné ton incertitude sur la paternité. Je te connais un peu ma grande. Allez.

– Ce que j'aime chez toi, c'est que ta chasteté ne t'empêche pas de comprendre les autres. On dirait que c'est le contraire. Ton abstinence totale te tient en dehors de cette soupe humaine et te permet d'analyser les situations avec une rapidité incroyable. N'as-tu jamais envie de nous rejoindre, nous pauvres créatures soumises aux aléas et aux vicissitudes de leurs pulsions libidinales ?

– Pour te dire la vérité. Très souvent. Lorsque je me sens attirée vers un homme, je dois résister, me faire presque violence. Peut-être ai-je simplement peur. Après tout, j'ai déjà eu ma portion de drames et de tragédies.

– De belles histoires aussi.

– Tu as raison. Mais commencer tout en sachant qu'il y aura une fin certaine, je ne peux pas. Tu sais bien qu'il m'est impossible de me lancer dans des aventures sans lendemain. C'est une trop grande perte d'énergie. Et de mon énergie, j'en ai besoin pour suivre la voie que je me suis tracée.

– La voix, oui. Permets-moi de te dire que la vie n'est pas un opéra. » Chloé arrêta d'un geste de la main sa sœur prête à protester.

« Je sais que tu vas dire "pas un tableau non plus". En cela, tu as parfaitement raison. Mais, tu ne peux jamais savoir avant de commencer comment une histoire se déroulera. Tu as peur d'être blessée et je te comprends. Mais, je pense que tu es assez forte pour te protéger en cas de coup dur.

– C'est ma manière de me protéger.

– Oui, oui. Je sais. Inutile de prendre ton air ou-tragé. Ça marchera jusqu'à ce que tu tombes sur un mec qui te plaise vraiment.

– Tu es incorrigible. Sauve-toi future maman. Il est l'heure.

– Tu crois que je resterai attrayante avec le dôme du Sacré-Cœur en façade ?

– Sans aucun doute. Il y a des hommes qui en raf-folent ».

D'un cœur léger, Éliane s'apprêta à donner son cours. Devenir tante l'amusait follement.

12.

« J'ai pensé aux couleurs des voyelles mais je dois dire que je ne suis pas vraiment inspiré. Il y a une chose qui me trouble. C'est que ceux qui se sont penchés sur le sujet ne sont pas vraiment d'accord. Par exemple, si je compare Skriabine et Rimbaud … Tout à fait autre chose !

– Ce que tu dis est vrai. Mais déjà, tu prends un compositeur et un poète. Pour ma part, bien que j'adore Rimbaud, je remarque qu'il se contredit pas mal. Il dit *A noir* au début de *Voyelles* pour ensuite écrire *Et l'homme saigne noir à ton flanc souverain.* Lis aussi *Les Chercheuses de poux.*

– D'accord. *Les rouges tourmentes, l'essaim blanc des rêves, les ongles argentins.* C'est ça que tu veux dire ?

– Cela même. Note aussi que Rimbaud n'a jamais eu la prétention de connaître la couleur des voyelles. Dans *L'Alchimie du verbe*, il admet avoir inventé. En un sens, il nous prévient de chercher plus loin, de ne pas le croire.

– Je me suis aussi penché sur la philosophie hindoue. Là aussi, les teintes sont accolées à chaque note.

– Dans cette philosophie ancienne, en effet, non seulement chaque voyelle correspond à une note, mais également à une couleur, à un animal, à une planète, que sais-je ! Un véritable système de correspondances.

– On est loin d'une noire ou d'une blanche.

– Sûr. N'oublions pas tout de même que la musique occidentale a, elle aussi, à un certain moment de son évolution, connu la couleur comme signe de différentiation. La couleur n'a pas disparu. C'est seulement que peu de personnes en parlent. Peu la voient par faute de chercher à la voir.

– Un peu Baudelaire non ?

– Tout à fait. D'ailleurs le principe fondamental de l'instrumentation est l'assimilation des sons aux couleurs.

– *"Car ce qui serait vraiment surprenant, c'est que le son ne pût pas suggérer la couleur, que les couleurs ne pussent pas donner l'idée d'une mélodie, et que le son et la couleur fussent impropres à traduire des idées."* Je cite de mémoire. À propos, j'ai lu quelque part que le Kama-Sutra est une sorte de symphonie. Chaque pose correspond à la manière de chanter une note.

– Bon alors tu dois être inspiré maintenant. » Éliane exécuta un arpège et choisit soigneusement un exercice.

« Prenons le i s'il te plaît. Très bien. »

Depuis leur dernière entrevue, la voix de Pierre accusait une nette amélioration. Éliane était satisfaite.

« Si je te demande de penser aux couleurs, c'est que cela peut t'aider au lieu de songer à une forme.

Une teinte est légèrement plus abstraite dans la manière dont on doit la produire. Prends par exemple la différence entre le o et le i. Le i doit être plus lumineux, plus brillant en essence, le o plus sombre, plus profond. Pourtant, il est nécessaire de reporter la luminosité du i sur le o et vice versa d'accoler la profondeur du o, j'allais dire son obscurité, sur le i. Admettons que le i soit jaune. Il peut être violent jusqu'à l'insupportable, devenir poignant au-delà du tolérable, ample comme une fusion de métal. Le jaune est sans âge, chaud, surprenant, difficile à éteindre, toujours plus vaste que le cadre où on veut le peindre. Le jaune est toujours clair. Impossible de produire un jaune sombre. C'est une source de clarté, de lumière. Le jaune, c'est le soleil, l'or, la noblesse. La vibrance. Le i, c'est tout cela et plus encore. Le i, c'est la porte qui s'ouvre au-delà du temps, c'est ta colonne d'air bien droite, une fontaine sur le jet de laquelle danse une petite balle de ping-pong en équilibre. Le i s'élance droit vers le ciel, droit dans le bleu du o. Un ciel qui peut être moiré de rose à l'aurore ou fuir vers la nuit si tu le nasalises en on. L'indigo peut surgir dans l'eau. Quelle différence entre le o de porte et celui de eau.

Une autre couleur. Le bleu est la plus profonde de toutes les couleurs. Tu peux le fixer, l'admirer sans te fatiguer, sans ciller. Le bleu se dérobe à nos regards. Peut-être la plus froide, la plus banale des couleurs, mais aussi la plus pure, mis à part le vide total du blanc. Peint en bleu, tout objet s'allège dans ses formes. Peinte en bleu, une surface n'est plus une surface. Peint en bleu, un mur cesse d'être un mur. Bleu c'est un peu immatériel, une voie vers l'infini. Tu peux englober tout cela dans le o. Il doit prendre naissance dans la colonne d'air qui, elle-même, repose sur ton diaphragme qui fait office de peau de tambour. Trop ou trop peu tendue, la peau amortit le son à le tuer. Avec la bonne tension, elle l'emmène et le porte au loin. Tu es le tambour, la flûte et le roseau qui ondule dans le vent, mais aussi le vent. En tant que chanteur, tu es l'instrument et l'instrumentaliste tout à la fois.

– Un danseur aussi.

– Différemment. Lorsqu'un danseur rempli l'espace, c'est uniquement par le pouvoir de son charisme qu'il nous oblige à le regarder et à le voir, à l'exclusion de son environnement. Mais, lorsqu'un chanteur remplit l'espace, il s'agit de sa voix qui se propage en vibrations dans tout l'espace. Dans le cas du danseur, il est impossible de percevoir son instrument, son corps, du moment que l'on regarde dans la direction opposée à laquelle il se trouve. Dans celui du chanteur, en revanche, sa voix nous parvient sans que nous ayons besoin de le voir, même si nous nous trouvons dans une autre pièce, sa voix, son chant, nous arrive par delà les murs. Pense aux concerts retransmis par radio, aux CD. Des ballets retransmis de la même façon ? Bien sûr, il y a des similarités entre tous les arts. La danse est un art dans l'espace ; la peinture, un art dans la surface ; le chant, un art dans le temps. Le chant est un art différent à tout autre car le matériel nécessaire à sa réalisation est impalpable, intangible. La voix est le seul instrument consistant en les forces inconscientes de l'être humain.

– C'est angoissant.

– Aucune raison d'avoir peur. Qu'as-tu à craindre ? Tout au plus un couac. Prends le risque. Laisse le son se former au plus profond de toi-même, laisse-le surgir de cette région que tu ne connais pas encore. La voix est insaisissable. Souviens-toi. En dépit de cela, ta voix est le seul instrument qui t'appartienne en propre. Personne d'autre que toi peut jouer de ta voix. Si tu la traites avec assez d'égards, elle deviendra ta meilleure amie, ta compagne et tu connaîtras les autres par leur voix. Non seulement les humains, mais tous les êtres. Sois indulgent. Sois généreux. Ton i est encore trop crispé. Jaune citron, c'est bien, c'est frais, mais un peu acide. Mets-moi de l'or là-dedans, de la douceur, de la prodigalité. Une immense profusion de guirlandes de Noël, des perles de couleurs. Ah ! J'oubliais. La voix est aussi le seul instrument qui puisse s'améliorer à l'usage. »

13.

Les notes de piano s'égrenaient régulières. Xavier assis sur le sofa au fond de la pièce laissait errer son regard autour de lui. La moquette bleu nuit contrastait agréablement avec les fauteuils et les divans orange clair aux dossiers en forme d'ailes de papillons. Les coussins brodés de bleu et de fil d'or respiraient une opulence discrète et douillette. Un élève, Georges, accoudé au grand piano devant lequel trônait Éliane, son nouveau professeur de chant, se reflétait dans la paroi formée d'un immense miroir aux nuances de bronze.

« Je suis réellement content que tu m'acceptes comme étudiant, parce que j'avais l'impression de m'enliser. Ce que je veux, c'est aller doucement.

– Ne t'inquiète pas. Nous allons traiter un problème à la fois.

– J'aime mieux.

– Bien sûr. Disons que la voix peut se décomposer en deux parties. La partie métaphysique où on peut mettre ce que l'on veut. Genre : la voix est le seul instrument composé par les forces inconscientes de l'être humain. Plausible, mais pour la technique, cette connaissance, néanmoins exacte, n'avance pas à grand chose. L'autre partie, est la partie soumise aux lois de la physique de la même manière que les autres instruments. La conscience de ces mécanismes aide à mieux faire fonctionner l'appareil phonatoire. Naturellement, pour conduire une voiture, il n'est pas nécessaire d'être mécanicien. Cependant, quelques notions de bases sont indispensables. Savoir si elle marche à l'essence ou au diesel, l'emplacement des pédales des freins, de l'accélérateur… Le moment de passer les vitesses peut aussi être vital pour le moteur. Pour la voix, la même chose. Sans trop approfondir au départ, il faut être attentif aux mécanismes. Les maxillaires, la langue, pour la bouche. La cavité nasale et les sinus pour la face. Enfin, le larynx pour la gorge. Le larynx est l'organe le plus vieux qui soit. Les paléontologues en ont retrouvé des fossiles chez des dinosaures qui vivaient il y a quelques millions d'années. Tous les vertébrés possèdent un larynx. Le larynx est la partie la plus importante de tout l'appareil phonatoire. Il supporte tes cordes vocales. Sa position est primordiale pour l'émission phonique. Il doit être abaissé pour permettre aux cordes vocales de vibrer librement. Le larynx est un cartilage qui n'est complètement ossifié qu'à soixante ans, chez l'homme. Ossifié et en place définitive, puisque seuls les cartilages sont assez flexibles pour être déplacés. Chez les enfants, le larynx se met en place vers les trois ans. Avant, il est placé très haut dans la gorge, ce qui rend l'élocution difficile. C'est pour cela que les petits enfants maîtrisent mal le langage, du moins la prononciation telle que les adultes l'exercent. Chez les animaux, la position du larynx est aussi relativement haute, ce qui les bride dans l'articulation d'une très grande variété de sons identifiables pour notre ouïe. »

Éliane prenait plaisir à décrire le larynx. A chaque fois, son enthousiasme l'entraînait bien au-delà d'une leçon ordinaire. Elle voulait que ses étudiants progressent en connaissance de cause. Qu'ils sachent le minimum ! Pour atteindre ce but, elle devait leur révéler beaucoup de détails et les convaincre de l'importance du phénomène.

Georges chantait depuis trois ans. Jamais on ne lui avait mentionné l'existence de cet organe essentiel. Aberrant !! Toujours, elle s'étonnait. Les profs ignoraient-ils ce qu'elle savait ou bien refusaient-ils de communiquer leur savoir ? Imaginait-on un professeur de piano évitant systématiquement de parler des touches ou de la position des doigts sur le clavier ! Après plusieurs années d'étude, tous ces élèves qui venaient à elle avaient encore une mâchoire clôturée ! Comment était-ce possible ? D'autre part, la plupart des livres sur la question étaient illisibles. Trop de matériel leur donnait un aspect rébarbatif. Quant aux dessins noirs et blancs dont ils étaient ornés… incompréhensibles à moins de posséder de solides représentations de l'anatomie avant de les consulter. Ce qu'il aurait fallu, c'était une véritable méthode sans méthode. Uniquement l'explication de l'appareil phonatoire à l'aide d'images en couleurs où il aurait été facile de distinguer les muscles des os et les nerfs des vaisseaux. Surtout pas de texte. Juste quelques phrases. Elle devrait s'y atteler un jour. Plus tard.

Xavier prit un coussin entre ses mains et l'examina. Sur un fond de velours noir était brodé un papillon éclatant. Des centaines de perles multicolores étalaient ses ailes en un dessin chatoyant, fin et compliqué, se remémora-t-il Grossman. Pourtant, lorsque l'on parlait de papillons et d'un écrivain russe, c'était toujours à Nabokov que l'on faisait référence.

14.

« Il faut apprendre à mieux écouter. En un sens, si tu penses à ta voix ou à ton chant en chantant, cela ne peut donner des résultats satisfaisants. Tu dois garder ton équilibre sur la ligne mélodique et tu y parviens grâce à l'ouïe.

– En écoutant ?

– Oui. Tu dois écouter de l'intérieur pour maintenir ta balance. Si tu fais de la bicyclette, tu te propulses en avant, non ? Ta voix est en quelque sorte ton vélo. Tu émets une pulsion que tu gardes sur une certaine trajectoire à l'aide de l'écoute. C'est à l'intérieur de l'oreille que se trouve notre sens de l'équilibre. Nous écoutons notre balance. Chaque coup de pédale te fait avancer. Tu chantes, tu émets ton son que tu diriges droit devant toi. Chaque note a un cœur, un centre. Un peu comme les perles d'un collier. Toi, tu es le fil. Tu passes au travers de chaque perle pour les enfiler. Tu voles dans un tunnel comme un oiseau dans une travée, sans te cogner. Tu gardes ton équilibre. Tu écoutes. Mais tu n'écoutes pas la musique. Tu écoutes le silence au cœur de chaque note. Tu es la flèche qui atteint le centre de la cible. A cela près que tu transperces la cible pour continuer ta trajectoire sans faiblir, sans faillir. Tu vas plus loin, toujours plus loin. Tu te concentres sur le rien. Dès que tu perçois un son, c'est que tu es en dehors. Tu restes au centre.

Écoute, et la lumière t'apparaîtra.

– Boèce ?

– Explique.

– Musica mundana et Musica humana. La seconde est un reflet de la première. Lorsque je chante, je dois être en harmonie. C'est clair. Je peux uniquement y parvenir en écoutant la musique des sphères au-dedans de moi. Je dois rester à l'écoute de l'univers.

– Pas mal ! »

15.

Sans aucune complaisance, Éliane s'observait dans le miroir de sa chambre. Elle avait pris deux ou trois kilos. Tant pis. Ce n'était pas le moment d'entamer un régime. Dans deux jours, elle avait un concert. Une idée malicieuse se glissa dans son cerveau et la fit sourire. Elle allait inviter quelques étudiants dont Richard à venir la rejoindre. Elle se hâta de terminer sa toilette. Richard venait ce soir prendre sa leçon. Elle l'appréciait, sans toutefois, le lui montrer. En l'invitant à venir l'entendre, elle se découvrirait un peu mais pas trop. Elle pouvait s'expliquer sa démarche dans le cadre de la relation professeur-étudiant. Elle se refusait à y voir autre chose car il n'y avait rien d'autre. Il s'était appliqué à suivre ses préceptes et il accepterait l'invitation.

Ce soir, il avait mis une chemise à petites rayures roses qui lui seyait bien. Tous les deux se regardèrent étonnés car Éliane avait revêtu une robe de la même teinte. Après juste ce qu'il fallait de formules de politesse d'usage, ils se mirent consciencieusement au travail.

Richard avait fait des progrès considérables depuis la dernière fois. Il apprenait rapidement des rôles entiers grâce à une mémoire surprenante, comme s'il pouvait rattraper le temps perdu pendant lequel il n'avait pas chanté. Sa voix s'éleva pure et légère sans rien perdre de sa force lorsqu'il entonna ce *Lamento di Federico* qu'Éliane affectionnait au plus au point.

« Ça te plaît ? demanda-t-il sûr de lui à la fin.

– Il y a encore beaucoup à faire. » Elle le rabroua légèrement. Avec les ténors, c'était toujours la même chanson. Ils avaient tendance à être très rapidement satisfaits de leurs exploits.

« Tu veux entendre *E lucevan le stelle* ?

– Pourquoi pas ? »

Éliane perçut dans sa manière de phraser son air qu'il avait écouté Corelli comme elle le lui avait recommandé. Jusqu'à la teinte de sa voix qui tendait à se nuancer délicatement, comme seul le grand maestro savait le faire. Lui refuser un compliment mérité aurait été cruel.

« Juste quelques petits détails et tu pourras aller passer des auditions. » La joie transperça le visage de Richard qui exultait.

« Sans blague ?

– Tout à fait. Il y a beaucoup de ténors qui voudraient pouvoir entreprendre ce que tu réussis sans problème.

– Tu ne peux pas savoir le plaisir que tu me fais !

– Tout le plaisir est pour moi à t'écouter. Tu as pas mal travaillé ces derniers temps.

– Ça, tu peux le dire ! Sans me vanter, je suppose que ce n'est pas donné à tout le monde de pouvoir se concentrer comme je l'ai fait.

– Je le pense aussi.

– Une fois n'est pas coutume, mais nous sommes d'accord là-dessus.

– Vendredi, je ne peux pas te donner de leçon. Je serai à Groningue. »

La déception envahit ses traits, sa voix avait perdu ses couleurs lorsqu'il interrogea :

« Qu'est-ce que tu vas faire à Groningue ?

– Un concert.

– Je viendrai t'écouter… c'est-à-dire si tu le permets.

– J'en serais ravie. » Ses yeux pétillèrent à nouveau.

16.

La voix était loin d'être déplaisante. Un peu trop
haut placée, peut-être. Éliane écoutait au travers
des mots pour n'entendre que le son. Tout son être
était en attente, à l'écoute de l'autre. Cette première entrevue était toujours décisive pour se faire
une idée valable de la personne en face d'elle. Le
son lisse, noir dans les éclats de rire qui ponc-
tuaient les phrases sans raison apparente, lui révélait la peur de se donner tout en jouant de la séduction. Cet homme d'un mètre quatre-vingt qui fri-
sait les cent kilos, s'offrait à elle. Mais, gare à la
femelle qui s'aventurerait trop près de ce monsieur. Éliane détectait dans l'attitude et le ton un
soupçon de mépris. Aucune n'était digne de lui.
Misogyne ? Peut-être. Malheureux, sûrement !
Marc Weinstein venait pour une leçon de chant et
dévidait sa vie privée.
« J'habite chez mes parents depuis deux ans. Je
donne des cours de mathématiques au lycée. Je
suis divorcé et mon ex-conjointe me cause des problèmes. C'est mon deuxième mariage, alors vous
comprenez, maintenant, je suis vacciné. On ne m'y
reprendra plus. J'ai donné sept ans de ma vie à ma
première femme. La seconde, je ne l'ai pas épou-
sée. J'avais compris. Ça a duré deux ans ! Enfin, je
ne suis pas là pour vous raconter ma vie. Ce que je
veux, c'est chanter. Je chante déjà, remarquez. Je

94

connais la musique, si je puis dire. Je joue du piano et du cor anglais. »

Le tout était débité sur un ton presque monocorde ponctué d'éclats de rire qui résonnaient dans les sinus. « Je sens que ma voix reste freinée, qu'elle ne s'exprime pas comme elle le pourrait. Vous comprenez ? »

Pourquoi avait-t-elle accepté de voir ce gros balourd ! La détresse qui perçait sous l'assurance de l'élocution précise ? Probable !

« Que chantez-vous ?

– Je suis un ténor !

– Évidemment », ne put-elle s'empêcher de proférer comme pour elle-même.

Toutefois, cela fut prononcé sans ironie aucune. Elle était légèrement triste d'entendre cette souffrance enfouie :

« Quel est votre répertoire ?

– Lyrique ! Uniquement lyrique. *La ballade de Renaud*. Avec un peu de technique, je pourrais facilement chanter Nadir ou Werther.

– Ne vous méprenez pas. Il se pourrait très bien que votre voix évolue d'une manière différente de celle que vous escomptez.

– Que voulez-vous dire ?

– Eh bien, quelquefois, nous produisons en début de carrière… » Éliane choisissait ses paroles avec précaution pour ne pas le brusquer ni le blesser. «… cela arrive très souvent…, un autre registre que celui auquel nous appartenons réellement.

– Vous voulez dire que je ne suis pas un ténor ?

– Pas nécessairement. Il m'est encore impossible de juger puisque vous n'avez pas encore chanté pour moi. » Tout en parlant, elle s'empara de la partition de Lully et préluda au piano.

« Vous la savez par cœur ?

– Oui, oui ! Ça ira. »

Elle assista à une transformation assez inattendue. Le balourd d'un instant, tassé près du piano, s'éloignait du creux de l'instrument. A sa place, un grand jeune homme élancé et souriant se campa au centre de la pièce et considéra admiratif les portraits accrochés autour de lui.

« *Plus j'observe ces lieux, et plus je les admire. Ce fleuve coule lentement. Et s'éloigne à regret d'un séjour si charmant. Les plus aimables fleurs et les plus doux zéphyrs. Parfument l'air qu'on y respire. Non je ne puis quitter des rivages si beaux. Un son harmonieux Se mêle au bruit des eaux. Les oiseaux enchantés se taisent pour l'entendre. Des charmes du sommeil J'ai peine à me défendre. Ce gazon, cet ombrage frais, Tout m'invite au repos.* »
La voix se tut. Seuls les derniers accords retentirent en sourdine pour se perdre dans le silence à leur tour.

Marc était dressé dans une attente enfantine, quémandeuse. Éliane s'en serait voulu de le décevoir.
« Vous avez une très belle voix. »

Visiblement soulagé, il se détendit. Il ignorait

que ce verdict était le plus insignifiant qui soit. De toute évidence, il chantait cet air depuis de nombreuses années sans jamais avoir progressé. Ni musicalement, ni vocalement. Le passage indiquait clairement qu'il était un baryton, mais Éliane se garda de le lui dire maintenant. Il aurait d'abord fallu que la confiance s'installât, qu'il travaillât régulièrement et surtout, qu'il arrêtât de chanter dans un autre registre que le sien. Un tas de conditions qui n'étaient pas remplies présentement.

« Vous savez. Je ne suis pas encore décidé si je vais prendre des leçons avec vous ou non. »

Ce fut au tour d'Éliane d'être soulagée.

« C'est à vous de voir » prononça-t-elle d'un ton aussi neutre que possible.

« Avez-vous des diplômes ? » La question la surprit.

– Que voulez-vous dire ?

– Moi, j'ai une maîtrise de mathématiques et j'étudie en ce moment pour avoir une maîtrise de chimie.

– Ah ! ça. Si on parle maîtrise, j'ai une maîtrise de Lettres modernes.

– Oui, mais moi, je suis Maître ès Sciences. Lorsque j'ai passé mon CAPES, il n'y avait pour toute la France que cinq cent candidats alors qu'en littérature, il y en avait quinze cents. C'est une différence. » Éliane avait du mal à croire ce qu'elle entendait. Ce fut posément qu'elle lui asséna :

« Je vois. Toutefois, les deux restent incomparables, n'est-ce pas ? Cependant, dans *L'Encyclo-pédie des compositeurs d'opéra répertoriés dans le monde*, il n'y a que cinq cent membres et je fais partie du nombre. Et puis, si je ne dispose que d'une Maîtrise de Lettres, je suis Docteur en Musicologie. Au Moyen Âge, la musique faisait partie de la même faculté que les mathématiques. D'autre part, laissez-moi vous dire que le public se moque des diplômes. Pour la voix, c'est pareil. Lorsque je suis sur scène, ce ne sont pas des bouts de papiers signés de tel ou tel professeur de telle ou telle université qui me sauverait si ma voix venait à me faire défaut. C'est un autre genre de savoir, un savoir qui ne s'apprend que confronté à soi-même pendant des heures et des heures de travail solitaire et acharné. Vous me direz, c'est la même chose pour les maths. Peut-être aurez-vous raison. Mais sur scène, il faut assurer le moment venu, plaire au public aussi. Etre là le moment voulu. Et ça, à un quart de millième de seconde près. Une faute de calcul n'entraîne qu'une erreur d'opération. Vous refaites les calculs jusqu'à ce que vous trouviez la solution, et le tour est joué. Une faute à l'opéra, c'est un effet de dominos immédiat qui peut engendrer une catastrophe. Y avez-vous jamais songé ? C'est ça le problème. Une question de différence au niveau des responsabilités ou alors, il faudrait parler de la NASA.

– Des responsabilités, moi aussi j'en ai. Je donne des cours. Je sais ce que c'est que d'enseigner !

– Je n'en doute pas.

– Vous connaissez les mathématiques ? » Éliane avait pris sa décision. Elle ne l'accepterait pas comme étudiant. Elle pouvait dès lors se faire complaisante. Lui offrir le sentiment de satisfaction auquel il aspirait tant. Le remettre dans son univers avant qu'il ne la quitte était tout ce qu'elle pouvait faire pour lui.

« Pas du tout. Expliquez-moi la base. Je suis nulle sur le sujet.

– Si vous n'y connaissez rien, ce peut être difficile.

– Les difficultés ne me rebutent pas. Nous avons le temps. Je suis une élève attentive. Asseyons-nous par ici. » Elle l'entraîna vers la cuisine.

« Désirez-vous une tasse de thé ou un expresso ?

– Un expresso, volontiers. » Calé dans un fauteuil, il s'élança sur son terrain favori, sûr de ne pas perdre pied.

« On place les chiffres en catégories par lettres. N, ensemble des entiers naturels comme 1, 2, 3, 4, 5 ; D, ensemble des décimaux dont le nombre de décimales est limité ; Z, ensemble des relatifs qui comprend les entiers et les décimaux : -4, -5, -2,45 ; Q ou les ensembles des rationnels. Ce sont des nombres considérés comme fractionnaires, par exemple, 4/7 ou aussi les ensembles de nombres ayant une écriture décimale périodique et illimitée : 0,666666 ou 0,239239239. R qui sont les réels, suite décimale non périodique et illimitée √2 √3. Vous suivez ?

– Passionnant ! » Éliane n'avait pas besoin de se

forcer. Elle admirait toujours inconditionnelle-
ment les personnes qui connaissaient à fond leur
sujet et possédaient le talent de le rendre clair et
simple à un novice.

« Et après ?

– Vous êtes sûre que ça vous intéresse ?

– Absolument. Dites-moi la suite !

– Là, je vous dis mon cours. Si vous voulez, je
vous l'expédie par Internet.

– Plutôt une version papier. Mais, racontez
d'abord la suite.

– Une fois que vous savez ça, vous pouvez aborder
les opérations.

– Les soustractions, les divisions, les multiplica-
tions ?

– N'oubliez pas les additions ! L'addition a des
propriétés importantes. La commutativité, c'est-à-
dire que les termes sont permutables sans engendrer de changement dans le résultat de l'opération :
$2 + 1 = 3$ ou $1 + 2 = 3$ et l'associativité :
$1+(1+1) = 3$. L'existence d'un élément neutre
$1+0 = 1$, donc le zéro et l'existence d'un opposé
$3+(-3) = 0$. L'addition d'un élément et de son opposé redonne l'élément neutre correspondant à
cette opération. 0 pour l'addition et 1 pour la multiplication. Dans le cas d'une multiplication, on ne
parle pas d'opposé mais d'inverse, exemple :
$2x0,5 = 1$ ou $3x0,33 = 1$. La multiplication possède
les mêmes éléments. Commutativité : $2x3 = 6$ ou
$3x2 = 6$; associativité : $2x3x4 = 24$ ou $4x2x3 = 24$.
Comme nous venons de le voir, un élément neutre

le 1 et un élément inverse : 2x0,5 = 1 ou 10x0,1 = 1 ou 100x0,01 = 1 »

Marc souffla un peu sur son café.

« Vous êtes certaine que cela ne vous ennuie pas ?

– Au contraire, je vous assure. Tout est tellement clair de cette façon. » Éliane savait que le seul moyen de lui faire plaisir était de lui prêter une oreille attentive pour ce qu'il avait de plus cher. Apparemment, les maths étaient sa véritable passion.

– La soustraction correspond à une addition d'un nombre avec l'opposé du deuxième nombre intervenant dans la soustraction. Exemple : 2-4=2+(-4)=(-2) ou 2-4=(-2)

– Ou 2-6=(-4)

– Parfait, vous avez saisi. Quant à la division, elle représente la multiplication du premier nombre par l'inverse du second : 25 :5=(5) 25x1/5 ou 25x0,2=5

– Je vois. 100:4=25=100x1/4=25 ou 100x0,25=25. C'est cela n'est-ce pas ?

– Tout à fait.

– Je suppose que de savoir ça équivaut à peu près à la connaissance de l'alphabet dans les Lettres ?

– A peine. » Éliane entendit dans la réponse le sentiment de supériorité. Cependant, loin de s'en offusquer, elle s'en amusa et c'est avec une note de gaieté qu'elle poursuivit.

« Votre voix est bien placée en parlant. Vous devriez chanter de la même manière.

– Peut-être alors devrais-je me contenter de parler ?

– C'est à vous de savoir ce que vous voulez. Vous avez une vie bien chargée, non ? Votre passion, c'est les maths, pas le chant pour autant que je puisse en juger ?

– C'est vrai. Mais j'aime la musique. Je corrige toujours mes copies avec un CD dans le lecteur. » Aïe ! pensa Éliane, la musique en tapisserie. D'une voix qui restait polie, elle s'enquérait :

« Quel genre de musique ?

– De tout, même du classique ! Vivaldi.

– *Les Quatre saisons*.

– Bach.

– *Les Concerts brandebourgeois*.

– Mozart. Mais, dans le classique, seulement de l'instrumental. Dès que quelqu'un chante, c'est plus fort que moi. Je dois écouter, même si je ne comprends pas le langage.

– C'est un bon point pour vous », s'exclama Éliane ravie.

« Merci. C'est peut-être par respect. Je sais ce que c'est d'être en chaire à discourir. Chanter en concert, c'est un peu la même chose ? » Éliane acquiesça, conciliante.

« Vous devez être très bien en chaire. Vous avez de la prestance et une voix pour charmer votre auditoire.

– Je ne suis pas Prix Nobel, vous savez !

– Non, mais ce qui n'est pas encore peut très bien le devenir.

– Vous exagérez !

– Pas du tout. Pourquoi les grands hommes ont-ils fait des découvertes ? Parce qu'ils ont regardé le même problème que leurs prédécesseurs et leurs contemporains d'une façon différente. Une nouvelle manière d'appréhender l'équation, rien d'autre. Mais, en prenant bien le temps d'analyser chaque étape. Que ce soit Galilée, Copernic ou Einstein.

– Einstein, son Prix Nobel lui a coûté son mariage !

– C'est sûr que tout à un prix. Mais, qu'est-ce qui vous retient. Le prix vous l'avez déjà payé !

– Vous y allez fort !

– C'est que vous n'y allez pas ! Il faut y aller Marc. Allez au charbon ! Suivez la voix de votre cœur.

– Lorsque j'étais petit, ma mère a voulu me conduire chez un psy car seules les maths m'intéressaient.

– Vous avez quel âge maintenant ?

– Vous me donnez combien ?

– Trente.

– Vous me flattez, j'en ai trente-quatre.

– Trêve de plaisanteries ! Remuez-vous. A trente-quatre ans et deux mariages derrière vous, vous êtes adulte. Votre mère avait peut-être tort.

– Mais, je ne veux pas vivre uniquement pour les maths !

– Alors, restez comme vous êtes et cessez de vous plaindre ! Dites-vous bien que c'est un choix conscient au lieu de vous laisser envahir par un vague ressentiment, une frustration malsaine. C'est vous qui faites votre vie. Personne d'autre !

– Il y a les aléas !

– Eh bien, pour un mathématicien, vous laissez beaucoup de place au hasard !!

– Ce n'est pas ce que j'ai voulu dire.

– Réfléchissez bien et prenez votre décision en accord avec vous-même.

– Oui, vous avez certainement raison. C'est très sage ce que vous dites. Je vous téléphonerai.

– Au revoir. Merci pour le cours de maths », lança Éliane lorsqu'il s'engouffra dans l'embrasure de l'ascenseur.

17.

Les dernières notes du piano se dissolvaient dans le silence feutré du studio où Xavier venait de produire les vocalises exigées par Éliane au cours de sa leçon. Pour prolonger cette aura acoustique, elle émit un dernier arpège qui, liquide, se dissocia dans une série de sons grêles, cristallins. Ils se regardaient, les yeux rivés l'un à l'autre, respiraient à l'unisson et sentaient une agréable torpeur s'emparer de leur être, les irradiant dans la douceur excitante de la musique flottant encore avec une persistance arachnéenne dans l'atmosphère ouatée.

Après l'étudiant du matin et ses équations mathématiques, Éliane appréciait, presque avec béatitude, ce ténor charmant. Une euphorie de sympathie s'établissait entre eux et tout naturellement, elle lui proposa une tasse de thé, son prochain cours n'étant prévu que pour l'après-midi. Enchanté, Xavier accepta avec une volupté anticipée.

Il retraça pour elle son parcours, étonné de se livrer si aisément, avec tant de détails qu'elle ne semblait pas juger superflus mais, au contraire, écoutait avec une attention soutenue, la tête légèrement inclinée sur le côté comme pour mieux saisir le fil de ses émotions.
« Certains mots m'ont beaucoup impressionné.

D'autres, m'ont énormément déçu. Un de ces mots est le mot chaton. Je devais avoir un peu moins de trois ans et j'étais incapable de prononcer le ch. Je parlais de saton. Je partis avec mon grand-père chercher des chatons. Pourquoi cela me frappa-t-il ? C'est bien simple. J'aurais aimé avoir un petit chat. Chez nous, il y avait des chiens. Pas de chat. J'étais fou de joie. Enfin, j'allais avoir un petit chat à moi. Alors que je supposais que nous irions à la ferme, nous marchâmes à travers champs, à travers bois. Arrivés dans une clairière, mon grand-père étendit le bras.

"Regarde, les jolis petits chatons", me dit-il. "On va les ramener." J'avais beau écarquiller les yeux, je ne voyais rien qui ressemblât de près ou de loin à un chat. Seules des branches se balançaient dans le vent, ondoyaient sous les poussées de la brise. J'étais fasciné par le spectacle. C'était beau, bougeait dans un froissement d'écorce tendre, faisait un bruit très doux.

Mon grand-père coupa quelques branches avec son canif et fit un bouquet qu'il me tendit. "Là, regarde comme ils sont jolis !" Je ne distinguais toujours pas de petits chats. J'avais probablement mal regardé, pensais-je dans mon innocence. Les petits chats avaient dû s'enfuir. Nous allions les attraper plus tard. C'était l'évidence même. Mais non. Nous reprenions le chemin de la maison. Quelle horreur ! Et mon chat alors ? Selon mon grand-père, je l'avais dans mes bras. Sans bouger, j'observais les branches. Je fermais les yeux, j'écoutais. Rien. Même lorsque je retenais ma respiration, les branches ne bruissaient plus comme avant. Mais où étaient les chatons ? Pourquoi appeler le vent « chaton », me demandais-je. Très longtemps, j'ai pensé que « chaton » désignait une sorte de vent qui soufflait sur les branches dénudées. Qu'il s'agisse des bourgeons me semblait impossible. Tous les ans, au printemps, j'y repense.

– Quelle histoire touchante ! s'exclama Éliane avec ravissement, est-ce la raison pour laquelle vous êtes devenu littéraire ?

– Peut-être. Savoir la signification profonde des mots peut faciliter la communication, vous ne trouvez pas ?

– Oui, mais il me semble toujours que cela est presque impossible d'obtenir un consensus véritable sur la question. Ne vous est-il jamais arrivé de penser qu'un mot simple pouvait avoir des connotations très diverses pour votre interlocuteur ?

– Absolument. Je suis entièrement d'accord avec vous. Est-ce pour cela que vous êtes devenue musicienne ?

– Je me le suis souvent demandé. D'un autre côté, j'ai tout de même choisi la voix comme instrument où les paroles sont d'importance, du moins, la façon de les prononcer. Mais bon… la musique l'indique aussi, nous avons la partition comme support de l'expression, le compositeur a résolu tous ces problèmes de communication des sentiments, des émotions, des pensées.

– Les chanteurs peuvent-ils communiquer autrement que par le chant ?

– Hum… un chanteur lyrique conserve son calme, réserve son énergie pour le chant ; vous verrez rarement un chanteur devenir violent autrement que verbalement ».

Ils se turent de concert, pensèrent en même temps aux deux morts subites et brutales de l'université. Un homme bestial, cruel, avait détruit l'équilibre paisible du département de français. Qui savait s'il n'allait pas encore frapper à nouveau. Éliane frissonna avec une brève grimace de dégoût superposée à ses traits. Xavier se crispa à l'idée de l'horreur lui traversant l'esprit, voulut rassurer Éliane, la protéger des pensées assombrissant cette matinée ensoleillée et seules des paroles d'apaisement ne seraient suffisantes. Il fallait dédramatiser la situation et pour cela, la confrontation avec la réalité était inévitable. C'est avec assurance qu'il prononça :

« J'ignore les détails de ces deux affaires, et je ne connaissais aucune des deux jeunes femmes mais, selon moi, la solution est sous nos yeux et nous y sommes aveugles.

– Vous pensez qu'il suffirait de mieux se concentrer pour parvenir ainsi à démasquer l'assassin ?

– Oui, j'en suis persuadé et la police doit s'y activer sérieusement. Elle découvrira le lien qui réunit ces deux homicides.

– Comme cela… vous suggérez un scélérat commun aux deux crimes… Quel pourrait-il être ?

Vous avez raison, ce peut être le même responsable mais, quel est son profit ?

– C'est une question que les inspecteurs doivent se poser car s'ils étaient en possession de la réponse, ils auraient le tueur à portée de mains.

– Oui… une faculté de Lettres… un département de français dans une ville où, relativement peu de gens parlent cette langue… deux jeunes femmes assassinées d'une manière sauvage, à deux mois d'intervalle…

– Et n'oublions pas la directrice du département, elle-même agressée.

– Oui… Quel est le dénominateur commun ? Il pourrait y en avoir plusieurs.

– Les deux victimes parlaient le français.

– Le professeur aussi.

– Exact.

– Elles se rendaient, d'une façon régulière, au même endroit, c'est-à-dire le troisième étage de la faculté où est situé le département de français.

– Pour cela, elles prenaient l'ascenseur, passaient le portillon d'entrée, bref, suivaient le même chemin.

– Donc, le portier les voyait quotidiennement, du moins, les jours où elles allaient à la fac.

– Hmmm… le portier… Oui… Il y a aussi cette histoire du concierge molesté dans l'autre bâtiment.

– Méfions-nous de sauter hâtivement à des conclusions, mais cela donne à réfléchir. Continuons.

– Eh bien… L'une avait terminé une thèse, l'autre

son mémoire. J'ai cru aussi comprendre que, physiquement, elles étaient très différentes et que les deux crimes présentaient des divergences très significatives.

– Tout bien considéré, nous n'avons que la langue française comme dénominateur commun dans tous les cas. Vraiment trop peu, j'en ai peur, pour résoudre cette équation.

– Il semblerait, oui… »

Ils avaient beau scruter leurs données, plutôt minces en somme, ils ne discernaient rien qui puisse les éclairer un tant soit peu. Sans le savoir, ils s'accordaient avec la police sur le manque de motif apparent. Ils se séparèrent en se promettant de réfléchir chacun de leur côté mais, sans grand espoir d'une révélation pharamineuse. En revanche, ils se sentaient, après avoir discuté ensemble d'une manière constructive, plus proche l'un de l'autre et fixèrent sans plus attendre leur rendez-vous pour le lendemain.

18.

Immergée dans les accents de la musique, Éliane sursauta aux ding dong effrénés de l'interphone. Damien, superbe et charmeur, fit son entrée.

« Quelle prestance Don José !

– Ah ! Si tu étais mezzo, c'est toi que je choisirais comme *Ma Carmen adorée* ! »

Ils s'embrassèrent. C'était un jour spécial pour eux. Le lendemain, il s'envolait pour Montréal où il chanterait Carmen avec Caroline, une autre étudiante d'Éliane.

Encore et encore, ils s'imprégnèrent des accords tantôt langoureux tantôt tonitruants qu'ils analysaient presque intuitivement. Les trois thèmes principaux du prélude reviendraient tour à tour tout au long de l'opéra à diverses reprises et, cela jusqu'à ce qu'ils explosassent ensemble dans l'acte final. Ils établissaient d'emblée l'exotisme qui signait l'ambiance, mais aussi le côté obscur de l'œuvre, le drame omniprésent. La première partie déversait la joie de vivre, la gaieté pseudo-espagnole qui, à la fin du dernier acte, annoncerait la corrida. Mesure à quatre temps. Pour causer son effet dramatique, Bizet l'altérait juste un peu, ce qui provoquait le dépaysement du public. Celui-ci s'y attendait d'autant moins qu'il espérait la continuation en quatre temps. La musique, solide, implantait d'une manière flamboyante une certitude de plain-pied par des changements harmoniques simples et contrastants : La Majeur, Ré Majeur, La Majeur, Do Majeur, La Majeur. Puis la chanson du Toréador retentit avec cette instrumentation splendide de cris, de bravades et de triomphe, colorée par les cuivres. Soudain, le temps semblait s'arrêter et se suspendre ; le prélude s'enfonçait dans l'obscurité du Ré mineur avec des trémolos et des bruissements fortississimo d'où émergeait un nouveau motif angoissant, inscrit en seconde augmentée.

« Tout y est dans cette ouverture ! Pas étonnant qu'elle ait été reprise dans tous les tons ! Où que tu sois, ces thèmes sont archi-connus. Incroyable ! J'ai peine à croire à la chance de participer à une telle production.

– Et tu en es la vedette, n'oublie pas ! Comment te sens-tu ?

– La grande forme. Les répétitions commencent le 30. Trois jours pour surmonter le décalage horaire. Ce devrait être suffisant. Il y a une chose qui me tracasse un peu. C'est le Si bémol. Fortissimo ? Pianissimo ? J'ai pratiqué les deux. Bien sûr, … Si bémol… Cependant, je trouve plus authentique en pianissimo.

– Tu as absolument raison. *Ô ! ma Carmen. Et j'étais une chose à toi.* Il ose à peine le prononcer de crainte qu'elle se moque de lui. C'est bourré d'émotions contenues. Pour moi, c'est clair. José est un tueur, un vrai psychopathe, presque un serial killer. N'empêche qu'en face de Carmen, il ne sait plus ce qui lui arrive. Il perd les pédales. Jamais une femme ne lui a fait cet effet-là. Il est touché à mort. Ce qui le rend si poignant. Sa passion l'emporte, plus forte que lui. Il est incapable de se contrôler. Vraiment touchant. Sur ce point-là, aucune différence entre l'opéra et la nouvelle. Juste que Meilhac et Halévy l'ont transformé en un brave petit gars.

– J'ai vraiment du travail à faire l'évolution du début à la fin. Psychologiquement, c'est très lourd.

– La première fois que tu chantes, c'est d'un lyrisme à faire se pâmer les lustres *Parle-moi de ma mère*. Tu gagnes ton public. Ensuite tu le gardes en haleine jusqu'au *C'est moi qui l'ai tuée ma Carmen adorée.* On pourrait croire que tu passes d'un bon fils à sa mère à un monstre meurtrier. Ce n'est pas ça. Tu as déjà tué. Tu es un gars passionné. Passion du jeu notamment. Tu as déjà tué un adversaire. Tu essaies de te réhabiliter à l'armée où tu as dû te réfugier pour éviter la prison. Seulement… ta nature l'emporte à chaque fois que tu te retrouves dans une situation de crise. Tu as un bon fond. C'est pour cela que tu laisses s'échapper Carmen. Tu as bon cœur, mais ta passion meurtrière est réveillée par le jeu de Carmen. Elle te fait tourner en bourrique. Alors, ta nature violente et passionnée reprend le dessus. C'est ça qui rend ton rôle complexe. Ce balancement entre les deux. Deux affects caractérisés par Micaëla et Carmen. »

Ding ! Dong !

« Quand on parle du loup, on en voit la queue.

– Et voilà la Carmencita !

– *Quand je vous aimerai ? Ma foi, je ne sais pas* »
entonna avec grâce Caroline.

« C'est la grande forme, je vois !

– Je suis prête à me le faire, ce Montréal !

– Tant mieux. Attends le quatrième acte, tu le sen-
tiras passer !

– Oh ! Ça va !! Parle-moi de ta mère !! » La plai-
santerie, bien qu'éculée fit son effet et de bonne
humeur, le trio s'attela aux derniers petits détails
d'interprétation.

19

Daniel passa la tête par la porte entrebâillée après avoir frappé.

« Tu es visible ?

– Entre. Assieds-toi. » Éliane se détourna du miroir pour lui faire face.

« Ça va aller ?

– Bien sûr. »

Éliane se tenait droite sur sa chaise pour ne pas froisser son costume. Son attitude raidie n'échappa pas à l'observation avertie du chef d'orchestre. Quelque chose clochait. Il ignorait quoi. Éliane avait refusé de se confier. Elle prétendait que tout allait pour le mieux. Il n'était pas dupe, mais il n'était pas question de lui arracher des paroles lorsqu'elle avait choisi de se taire. Toutefois, il voulait la mettre à l'aise. Le dernier air de *Gioconda* était mortel pour une cantatrice aussi chevronnée fut-elle. Les répétitions s'étaient bien déroulées et l'avant-première avait été à la hauteur de ses espoirs les plus fous. Daniel était jeune, ambitieux et c'était un chef à chanteurs. Ceux-ci l'aimaient bien car il était généreux et mettait tout l'orchestre au service de la voix. On parlait déjà de lui comme d'un nouveau Serafin.

« Si tout va bien tant mieux. Donc, je te laisse la

bride sur le cou. T'emballe pas quand même au départ. Reprends-toi immédiatement après le sol, ensuite je te suis. »

Il chantonna les mesures de l'introduction et lu dans ses yeux qu'elle était fin prête. Quel que fut le problème qui la tracassait, il s'était évaporé avec la mélodie de l'air. Soulagé, il la quitta.

« A tout à l'heure. » Qu'elle ne lui répondit pas ne le gênait pas outre mesure ! Elle

épargnait sa voix. Un signe de tête lui avait suffi.

« *Suicidio* ! »

Le cri retentit dans la salle obscure. Inhumain de vérité. Ce n'était plus du théâtre. C'était le désespoir d'une femme trahie, bafouée qui broyait les tripes des spectateurs. Subjugués, ils entendirent l'effroi dans la voix et le noir qui glaçaient le cœur de l'artiste aux dernières notes. *L'avel.* Le précipice s'ouvrit devant eux dans le silence le plus complet. Puis, comme mue par un ressort, la salle entière se déchaîna dans une ovation spontanée, qui était tout autant un cri de soulagement. Après la tension à laquelle elle avait été soumise pendant ces minutes interminables, les applaudissements, loin de rompre le charme, le prolongeaient. Bravo à cette femme qui savait se sacrifier par amour. Un chahut orchestré recouvrit sa souffrance. Tout juste s'ils ne se congratulaient pas. Dans leurs mains, la jubilation trouva l'exécutoire qu'elle n'aurait pu trouver en paroles. La frénésie diminua. Le calme revint. L'opéra se termina dans l'excitation générale et les larmes furtives de ceux incapables de retenir leurs émotions. Ils étaient nombreux.

Rideau. Rappels. Révérences. Rappels encore et des fleurs. Un vrai tapis de fleurs jonchait le devant de la scène. Encore une héroïne enterrée dans les règles pour la énième fois.

Éliane se réfugia dans sa loge. Enfin, elle put souffler. Pas longtemps cependant. La cérémonie des autographes l'attendait. Déjà, ils s'amassaient en file dans le couloir, prêts à tendre leur programme et leur stylo dès que la porte s'ouvrirait. Pour ne pas les décevoir, elle restait toujours en costume. Ce n'était pas elle qu'ils venaient voir, c'était l'Autre.

Le reflet d'une immense gerbe de roses rose et blanches capta son regard dans le miroir. Elle se leva, l'inspecta, lut la carte. « Xavier » Un seul prénom. Elle sentit une douceur l'envahir. Lentement, très lentement, le blanc se mêlait au rose qui pâlissait légèrement.

Après une représentation, Éliane détestait se retrouver dans un endroit public. Xavier avait eu la délicatesse de commander un repas dans la loge. Un garçon roula une table surchargée vers le milieu de la pièce. Après l'avoir remercié d'un signe de tête, Xavier installa les mets sur une table basse devant le sofa. Il approcha un fauteuil.

– « Tu préfères quel siège ? »

Dans son déshabillé blanc, Éliane était encore un peu Chimène ou Gioconda lorsqu'elle s'assit sur le bord du fauteuil. Il comprenait son besoin d'éloignement. Elle séjournait encore dans les limbes de la musique. Comme elle avait l'air fragile soudain ! Aucun rapport avec cette créature altière qui arpentait la scène ce soir. La majesté de son maintien lui rappelait le dernier air. Il aurait voulu la chérir dans ses bras. Il se retenait sachant très bien qu'elle l'aurait repoussé, qu'elle n'était pas encore prête. Lentement, elle émergeait à la vie quotidienne. Il s'affaira autour de la table, plaça et déplaça un plat, une assiette. Elle faisait un effort visible sur elle-même pour parler.

« Je suis contente d'être avec toi. D'habitude, je préfère être seule. » Xavier se garda bien d'émettre un commentaire quelconque. Il savait qu'elle reprenait lentement pied. Son regard se faisait plus inquisiteur. Elle inspecta les plats posés devant elle. Elle était revenue de son long voyage.
« Ça a l'air très bon tout ça.
– Tu as faim ?
– Je meurs de faim ! Ces matinées sont épuisantes ! »

Ils parlèrent de tout et de rien. De tout, sauf de la représentation. Xavier attendit qu'elle entame le sujet, ce qui n'aurait su tarder.

« Je sais que j'ai bien chanté ! J'ai été superbe !

– Et on dit que les ténors sont vains !

– Ce n'est pas de la vanité. C'est la pure vérité.

– Je te le concède. Tu as été splendide.

– Quoiqu'il y ait quelques petits trucs que je ferai différemment la prochaine fois. Le é de *Hélas*, était un peu raide, trop sec, trop étroit. Ceci dit, je suis satisfaite.

– Le public était transporté. Douze rappels, c'est quelque chose non ?

– Le public, le public… », bougonna Éliane. « C'est tout l'un ou tout l'autre. Ou il t'adore et tu ne peux rien faire de mal ou il te sacque et, quoi que tu fasses, ce ne sera jamais bien. On a eu de la chance, c'est tout. N'empêche que je dois encore travailler pour atteindre ce que je veux faire. Disons que je suis sur la bonne voie.

– La bonne voix, non ?

– Une bonne voix, c'est un début, rien de plus. Il ne faut jamais se prendre la grosse tête, comme on dit. » Changeant brusquement de sujet. « Ah ! Comme on est bien ici ! »

Xavier lui prit la main par-dessus la table et l'attira doucement à lui. Docile, elle se laissa faire, vaincue par sa gentillesse et sa compréhension.

Remerciements

Je voudrais vous remercier d'avoir acheté et lu « Cours de chant ». J'espère que vous avez trouvé du plaisir à cette version light de « Crime à l'université » (dont vous pouvez trouver à version intégrale sur Amazon).

Je vous serais extrêmement reconnaissante si vous pouviez mettre un commentaire sur la plateforme où vous l'avez téléchargé, cela m'aiderait beaucoup pour savoir comment améliorer mes écrits dans le futur.

Par ailleurs, si vous désirez être tenu au courant de mes prochaines publications, et la date de parution de mon prochain livre, veuillez m'envoyer un mail en mentionnant dans l'objet « parutions livres » mail à cette adresse:

Clementml@me.com

N'ayez crainte, je suis très respectueuse de la vie privée de chacun et votre adresse mail sera en sécurité. Il va sans dire que je ne la transmettrai à personne. N'ayez non plus pas peur d'être inondée de mails de ma part, je ne sors pas un livre toutes les semaines!

D'autre part, si vous êtes intéressée à connaître mes autres sujets de prédilection, vous pouvez vous rendre sur ma page auteur Amazon: http://amzn.to/1p1wpqO

Vous pouvez aussi me suivre sur

mon blog: www.aventurelitteraire.com

ma page FaceBook:

https://www.facebook.com/muriellelucie-clementpage/

mon site perso:

www.muriellelucieclement.com

BONUS

Extrait de *Crime à Paris*

9. Pascal dans le métro

Pascal descendit en chantonnant les escaliers du métro, avec son sac sur l'épaule. D'avoir entendu toutes ces personnes parler de pays étrangers et de voyages à la fête, lui avait donné l'idée. Il s'était décidé pour un week-end de vagabondage. L'envie de faire quelque chose sortant de l'ordinaire l'avait pris tout à coup. Il partait trois jours à Amsterdam, sans autre raison que son plaisir personnel. Il se sentait en pleine forme, il était à l'heure. Sûr qu'il allait réussir à bien se défouler. La préposée aux billets lui avait assuré ce matin qu'il n'y aurait aucun problème. Comme les horaires des trains étaient plutôt incertains en raison des grèves de ces derniers temps, Pascal avait opté pour le bus. Être chez lui à s'ennuyer ou là, mieux valait ce trajet un peu plus long. De cette manière, il arriverait au moins quelque part.

Les couloirs étaient pratiquement déserts. Pascal aimait à se voir dans le ventre de la capitale, petite boulette de chair dans les

boyaux de Paris. L'asphalte noir des tunnels re-
luisait. Il s'interrogeait, se demandant s'il
s'agissait de la couleur initiale, ou bien de la
crasse accumulée pendant plusieurs décennies
de semelles battant et frottant le bitume souter-
rain.

Aujourd'hui, personne ne savait qu'il
prenait un bus pour la métropole des tulipes.
Cela l'enchantait, donnait du mystérieux à sa
vie. À la boîte, ils allaient tous à la campagne,
en famille, dans leur pavillon, ou bien dans leur
troisième deuxième résidence. Lui aussi aurait
pu rejoindre ses parents à Antibes, mais il avait
prétexté un travail urgent à terminer.

_ Je ne peux pas quitter Paris, Maman. J'ai
une proposition à remettre mardi.

_ Mais enfin Pascal ! C'est la Pentecôte.

_ Eh oui. Je sais, je sais petite Maman chérie.

_ Tu as mangé au moins ?

_ Mais oui, Maman. Ne t'inquiète surtout
pas. Je vais très bien.

_ Je te téléphonerai demain.

_ Surtout pas. Je branche le répondeur pour ne pas être dérangé. C'est moi qui t'appellerai.

_ Alors, je te laisse.

_ Oui, c'est ça.

_ Au revoir.

_ Au revoir Maman. Embrasse Papa pour moi.

_ Je n'y manquerai pas. »

Il avait raccroché soulagé, libéré, trépidant de joie à l'idée d'avoir doublé sa mère. Pour fêter l'événement, il était descendu au bistrot du coin boire un diabolo menthe. Une folie qu'il se payait chaque fois qu'il réussissait à la mettre dans sa poche. Pourquoi cette boisson ? Nul n'aurait pu le dire, mais les bulles et la fraîcheur le remplissaient d'une joie sereine qu'aucun alcool n'aurait été à même de lui procurer. Pascal, dans le fond, était plutôt un fils attentif, mais quelquefois il se devait de s'évader. Il avait bien essayé d'expliquer cela à ses parents, mais sa mère refusait absolument de comprendre que, de temps en temps, il éprouvait ce besoin impératif d'être autre part qu'avec elle pour ses congés. Il voulait une vie à lui, avec des secrets, des anecdotes, des histoires qui ne soient qu'à lui. Il ne buvait que rarement à outrance et il ne fumait jamais de tabac. Il trouvait ses plaisirs sexuels, seul en face d'un magazine de lingerie féminine lorsqu'il n'avait pas de petite amie. Pour le moment, il était dans l'une de ces périodes où il pouvait tout se permettre. Il était en plein célibat. En fait, la raison majeure pour laquelle il avait voulu éviter Antibes était que sa mère se plaindrait encore qu'il ne lui amenât pas de bru en instance. Pas de sa faute si avec les filles cela ne marchait pas bien. Il avait été trop cajolé, il attendait de ses compagnes plus que celles-ci ne pouvaient lui offrir. Il avait le temps. Il verrait bien venir.

11. Guillaume parle aux policiers

Le policier revenait vers lui et Guillaume le regarda avec intérêt. L'homme était grand, au moins un mètre quatre-vingt, avec des cheveux ambrés, coupés courts.

– Bonjour. Nous allons peut-être vous demander de venir avec nous au bureau. » Guillaume acquiesça. Il pouvait difficilement refuser.

– Je suis l'inspecteur Lemoine. Mathieu Lemoine et voici mon collègue, l'inspecteur Chaboisseau. Alain Chaboisseau.

– Enchanté, marmonna machinalement Guillaume.

– Veuillez accepter nos excuses de vous avoir fait attendre. Pouvez-vous nous dire exactement comment vous avez découvert le corps. » Guillaume répéta comment il avait emprunté la rue et contourné la petite place et comment au moment de bifurquer dans la rue de Furstenberg, il avait vu une femme allongée par terre devant chez Osborne et Little. Près d'elle, il s'était penché et avait aperçu ce qu'il pensait être l'impact d'une balle. Il avait alors appelé les secours.

– Et d'où veniez-vous à cette heure ?

– Du métro Saint-Germain-des-Prés, descendu de la première rame. Je revenais de chez ma copine.

– Vous avez passé la nuit là-bas ?

– Oui.

– Vous avez son adresse s'il vous plaît ?

– Place Denfert-Rochereau, n° 146.

– Parfait. Attendez une petite minute. » Les inspecteurs Lemoine et Chaboisseau s'éloignèrent de la voiture.

– Je crois qu'il est OK.

– Oui, répondit Chaboisseau, on peut le libérer. Je le vois mal avec un révolver. En outre, la victime a été tuée autre part selon les premières constatations du légiste.

– On enverra Ghislaine et Manuel chez la petite copine pour vérifier. On le relâche après ou tout de suite ?

– Oh, laissons-le partir. On a son adresse et on lui demande de venir pour sa déclaration.

– Bon d'accord. » Ils se tournèrent à nouveau à Guillaume.

– Monsieur, vous pouvez y aller. Excusez-nous pour le désagrément. Voici ma carte. Si vous voulez bien passer au bureau pour votre déposition. » Guillaume prit le bristol que lui tendait Mathieu Lemoine.

– Merci. Je pourrais le faire cet après-midi, si cela ne vous dérange pas. Je n'ai pas de plan. Mais, demain, j'ai des trucs à faire.

– Pas de souci. Aujourd'hui, c'est d'accord. »

Extrait

de

Lettres de Sibérie

10 Juin Novokouznetsk

Après un voyage de trois jours, j'arrive à la gare de Novokouznetsk, en plein cœur de la Sibérie russe. Trois nuits à dormir sur la banquette supérieure du compartiment numéro huit dans la voiture numéro sept de l'express de Moscou. J'ai également effectué le trajet Amsterdam-Moscou en train avec deux femmes russes pour compagnes. Une jeune fille, qui revenait de terminer son année scolaire en Allemagne, et une septuagénaire qui avait gardé un traumatisme sérieux de son séjour dans les camps de la mort, lequel l'obligeait à déménager un nombre incalculable de valises, de paquets, de cartons, encombrant notre espace du plancher au plafond, la laissait pantelante sur sa couche. Elle m'expliquait qu'elle ne pouvait se désaltérer ni se nourrir tant ses souvenirs l'assaillaient à chaque voyage. Elle s'adoucissait et s'étiolait au fur et à mesure que se déroulaient les kilomètres. Elle revivait intérieurement son supplice, une épopée mortelle dont seule une force mentale supérieure lui avait permis de sortir et, s'accrochait pour survivre, incapable de se transporter dans le temps présent.

À la gare de Bélorussie, Sergey et Elena m'attendent, me cajolent et me protègent. Après trois jours de cavalcades dans la capitale russe, je suis pourvue de la force nécessaire, des papiers indispensables et je peux m'évanouir en Sibérie, réalisant un rêve chéri.

Je décide de prendre un itinéraire personnel, m'éloignant des sentiers battus s'il en fut ! Un omnibus m'emmène jusqu'à Petovsky, de là je saute dans un taxi à quatre jusqu'à Vladimir où après trois quarts d'heure d'attente je prends un car pour Mourom. Ce nom de ville me tente par son analogie avec mon prénom. Bien m'en fut puisque la chance me sourit toujours. Il y a un express pour Novokouznetsk dans dix minutes ! À peine le temps de consulter ma carte et de m'assurer que cette ville est bien dans la direction souhaitée, et je m'embarque dans le compartiment assigné.

Liouba et son fils reviennent de leur séjour annuel sur les bords de la mer noire, le site estival favori des russes. Il a sept ans, elle est officier de police et décide sur-le-champ de m'adopter. Nous faisons bon ménage, discutant à bâtons rompus, partageant nos repas copieusement arrosés de thé noir. Heureusement, nous avons un rythme biologique similaire ce qui nous accorde les mêmes heures de repos.

Liouba s'avère une aide inestimable. À l'arrivée, elle m'introduit près de son amie chef de gare qui m'offre l'hospitalité dans son hôtel pour les cheminots. Une chambre et une douche m'accueillent aimablement. La directrice téléphone à la mairie pour informer le maire et son service culturel qu'une chanteuse étrangère visite leur ville. À partir de ce moment, je suis prise en charge par Irina qui m'est assignée d'office comme guide par le service culturel de la mairie.

La visite de la ville s'impose en passant par la galerie d'art où des peintures dignes des musées internationaux sont exposées librement. Les genres et les styles couvrent les murs pêle-mêle, éclatant de couleurs discrètes et brutales, au gré de la fantaisie de leurs auteurs. Reposant et enrichissant tout à la fois. La conversation autour du samovar nous permet de faire plus ample connaissance. Nous décidons d'aller en excursion dans la taïga à mon retour d'Oulan-Bator. Pendant le déjeuner, Irina me confie son désir d'aller en France et me fait part de l'invitation de Galina. Nous partons pour la datcha de cette dernière, profiter de son sauna installé dans le jardin avant la construction du corps résidentiel. C'est à une vingtaine de minutes en voiture du centre ville.

À Sasnofka, où nous arrivons après que Galina nous a récupérées en pleine rue, nous commençons par installer les bouteilles cueillies en cours de route, sans lesquelles aucune réunion n'est possible en Russie. Lorsque je réponds à Sacha que je ne bois que de l'eau minérale, sa traduction est simultanée et évidente.

- Ah, tu ne bois que de la vodka !"

La datcha de Galina est une superbe villa de deux étages en brique rouge, comprenant un patio et une véranda qui longent les façades sud et ouest. La construction est très avancée et le travail extérieur terminé. La bâtisse surplombe la région. Dans le jardin, les pommes de terre en fleurs et les soleils en boutons, donnent à la scène un reflet bucolique. La hutte du sauna fume de toutes ses ouvertures. Le mari de Galina, avocat et juge principal du canton, sort en s'ébrouant, hilare d'avoir cuit à cent degrés celsius. Ici le sauna, bania en russe, est une chose sérieuse.

Je suis invitée à pénétrer dans la cabane, à me déshabiller en chœur et sans gêne avec les femmes. Quel délice de se libérer de tous les tracas dans l'air sentant la forêt. L'eau jetée sur le poêle a servi à la macération de feuilles de jeunes bouleaux. La sueur ruisselle sur nos peaux luisantes. Il faut sortir et se reposer un moment pour retourner un peu plus tard dans l'atmosphère étouffante. L'intérieur est beaucoup plus spacieux que ne le prédisait l'aspect extérieur. Composé de trois pièces, l'agencement convie à tout un cérémoniel indispensable au succès bienfaisant du séjour à la bania.

Le bois suinte la chaleur, dégage des senteurs sauvages engageantes, incitant aux vagabondages de l'esprit. Galina s'arme de branches de bouleaux, me fouette le dos, les jambes, le torse et m'arrose avec de l'eau de pluie spécialement récoltée à cet effet. Je sens la fatigue du voyage s'envoler comme par enchantement de mes pores dilatés. Elle m'asperge copieusement des pieds à la tête avec une tisane des steppes. Au moment où je pense m'évanouir, je suis envahie d'une force nou-velle. J'ai l'impression d'avoir passé un test très important. Nous nous enveloppons dans des draps de lit. Telles des druidesses célébrant une messe inconnue de nos jours, nous goûtons l'eau minérale dans des verres à liqueur. Un bien-être incomparable s'empare de ma per-sonne ; je le vois partagé par mes compagnes.

Nous sortons dans le jardin pour per-mettre à Sacha de se plonger dans l'étuve à son tour. La pluie commence à tomber, saluée comme une amie bienvenue. Les petits gâteaux se détrempent. Tout le monde est ravi sous les gouttes d'eau qui se mêlent au champagne, blanchissent le chocolat.

Rafraîchies nous allons une dernière fois dans la chaleur torride. Irina me bassine les cheveux, Galina se fustige aux orties pour s'as-surer une circulation sanguine maximum.

Telle est ma visite à la bania de Galina à qui je remets en cadeau quelques sachets de graines de fleurs apportées dans mes bagages.

Extrait

de

La Clarté des ténèbres

Le déjeuner

Maguy et Magalie descendaient l'avenue de l'Opéra. Elles avaient pris le 81 et, de leur banquette verte, elles regardaient, bien calées sur les sièges durs recouverts d'un tissu choisi pour faire gai, les immeubles cossus défiler derrière la vitre.

– Tiens ! C'est là que j'ai travaillé, » déclara Maguy alors que le véhicule passait devant une façade ressemblant énormément aux autres, mais pour elle, meublée de souvenirs lointains. Il y avait belle lurette qu'elle avait atteint l'âge de la retraite. Elle restait vive et trépidait d'une énergie vibrante tempérée par un caractère d'une douceur extrême.

Magalie essaya de repérer le bâtiment en question et acquiesça, légèrement incertaine tout de même. Avait-elle regardé à temps par la fenêtre ? Elle était en train de réfléchir à une question qui avait surgit dans son esprit : qui décidait la couleur des tissus recouvrant les baquettes d'autobus ? Et, y avait-il le choix ou bien était-ce au départ un motif unique, inventé de pair avec le modèle du bus ? De toute évidence, ce tissu était résistant et spécialement conçu à cet effet. Maguy continuait sa narration, l'empêchant de cogiter plus avant sur le sujet.

– Et puis, quelquefois, le midi, je venais sur ce banc manger un croissant. J'avais un ami qui travaillait là. » Elle désignait un autre endroit qu'elles dépassaient rapidement.

Encore quelques tournants, un parcours en bord de Seine sur le quai de la Messagerie. Ce fut l'arrêt final, le terminus au Châtelet. Elles étaient parvenues à leur destination. Aujourd'hui samedi, leur but était le cinquième étage du Bazar de l'Hôtel de ville. Elles s'offraient un déjeuner à la cafeteria avec vue sur les toits de Paris.

La place de l'Hôtel de ville était transformée en aire de repos avec un écran géant de télévision, déversant sur les badauds, qui en avaient vu d'autres, une musique lancinante, accompagnant les flots de paroles lascives sortant d'un gouffre noir bordé de rouge : la bouche d'une chanteuse à la mode selon toute probabilité, ayant la taille d'une cathédrale. Quant à la porte de l'Hôtel de ville, elle croulait sous un

amas informe de couleurs bigarrées, accro-
chées çà et là, tel des résidus de peintures sur
une palette d'artiste s'entremêlant et se fondant
les unes dans les autres.

En regardant de plus près, on apercevait, émer-
geant de la masse de coloris, des fleurs. Il
s'agissait d'une sculpture florale offerte par
l'école des fleuristes. Pourquoi ne s'étaient-ils
pas contentés de faire un bouquet décent, là
était le mystère. Pour être franc, ce fatras
amassé autour de la porte avait quelque chose
d'obscène, un peu comme des vomissures at-
tardées aux commissures d'un ivrogne. Trop
de couleurs, pas assez de nuances.

Le trottoir de la rue de Rivoli regorgeait de ca-
melots et d'étals surchargés d'articles vantant
la coupe du monde. Le Mondial comme tout le

monde disait. Les fétichistes du ballon avaient de quoi se réjouir. Les maillots, les porte-clés, les slips, les lunettes, tout était décoré de leur joujou favori.

En passant les portes du grand magasin, Maguy et Magalie laissèrent derrière elles la chaleur, les cris, les teintes violentes et pénétrèrent dans l'antre feutrée de luxe du rayon parfumerie. Elles se dirigèrent vers l'ascenseur au fond du rez-de-chaussée, pas tant pour éviter les escaliers roulants, mais tout simplement parce que Maguy devait téléphoner et que l'appareil se trouvait là.

Une femme énorme, appuyée sur une canne, leur barrait le chemin, dégageant les effluves nauséeux des êtres ayant la phobie du savon. L'espace restreint de l'ascenseur valorisait les préférences du mastodonte qui, de toute évidence, abhorrait de même le dentifrice, ce que révélait la conversation qu'elle menait ardemment avec un comparse méticuleux jusqu'aux pellicules généreusement parse-mées sur son crâne dégarni.

Maguy et Magalie arrivèrent à l'entrée de la cafeteria après avoir traversé le rayon des cadres et tableaux. Comme à chaque fois, Magalie était satisfaite de voir l'échafaudage appétissant de nourriture.

– Regarde ! Ici ce sont les ingrédients pour te confectionner une salade de fruits. Des fraises, de la crème fraiche, du coulis de framboises, des pommes, des poires, des kiwis, du fromage blanc. Tu peux te servir une belle coupe à ton goût. Et, là, ce sont les pâtisseries. Elles sont toujours délicieuses. Des tartes dorées aux fruits, des clafoutis, des crèmes au caramel, des îles flottantes troublaient les sens et, plus loin, les crudités coupées fin pour la salade entremêlaient leurs couleurs dans des compotiers posés sur de la glace.

– Si tu désires un plat chaud, c'est là.

– Non, je vais me faire une salade.

– Comme tu veux. Ici, on choisit son repas ».

Elles allèrent chacune de leur côté se composer le plateau désiré et se retrouvèrent à la caisse. Maguy avait plusieurs salades empilées savamment sur son assiette et Magalie avait opté pour un steak et des frites accompagnés d'une tartelette. Une bouteille d'eau minérale complétait leur repas.

– Allons chercher une place près de la fenêtre.

Tu vois Paris, c'est joli.

– Oui, là, il y a un seul monsieur.

– Bonjour, ces places sont-elles libres ?

– Euh… il y a un homme parti chercher son café.

– Mais, ces deux autres places, sont-elles libres ?

– Oui.

– Alors, nous nous asseyons ».

L'homme retira son sac et, Magalie s'installa sur la chaise devenue vacante. Quant à Maguy, elle hésitait entre pousser le plateau sur le côté ou bien déplacer un sac en plastic et le changer de siège. Elle adopta la première solution et fit légèrement glisser le plateau.

Elles commençaient à peine leur repas qu'un énergumène moustachu surgissait devant elles et les apostrophait d'une manière brutale et s'adressant à Maguy :

— Vous êtes assise à ma place.

— Excusez-moi, monsieur, j'ai déplacé votre plateau, mais je vous en prie, vous pouvez vous asseoir. Je change de place.

— Non, restez assise, c'est inutile.

— Bon, merci. » Mais, le moustachu continuait à bougonner de plus en plus fort.

— C'est impensable ! Le culot qu'elles ont ! Venir se mettre à ma place. Le monsieur vous a bien dit que j'étais parti chercher mon café, je vous ai vu de loin bavarder avec lui et vous vous êtes assises.

— Mais, monsieur, je viens de vous offrir de changer de place, alors pourquoi continuez-vous sur ce ton ?

— Alors, changeons de place. Il n'y a aucune raison pour que je perde ma place alors que l'on vous a dit que je revenais.

Maguy se lève et change de place avec l'affreux qui enchaîne :

— Il faut vraiment un sacré culot pour venir s'asseoir ici, alors qu'il y a des places libres à côté. » Magalie ne peut plus se contenir.

— Monsieur, vous êtes grossier et un mufle. Premièrement, vous prenez deux sièges pour vos aises, ce qui est accordé lorsqu'il y a peu de monde, mais nous voulons aussi prendre notre repas assises. Deuxièmement, il était difficile de savoir laquelle des deux chaises avait votre préférence, mais puisque Madame s'est levée malgré son âge pour vous donner satisfaction, je vous prierai de bien vouloir vous taire et nous laisser consommer tranquillement.

— Mais, c'est incroyable ! Il y avait quatre sièges libres à côté !

– Monsieur, nous avons la liberté de nous asseoir où bon nous semble, chaque consommateur ayant droit à un siège. S'il vous est désagréable à ce point de vous trouver en face de moi, vous déménagez, car je vous assure que j'y suis, j'y reste ! »

Après quelques ronchonnements plus ou moins audibles, de la même veine, le monsieur déplia démonstrativement son journal, but son café en deux minutes et force lui fut de s'éclipser car leur voisin de table les avait quittés sur un salut des plus correct.

– Il est malpoli de lire à table » déclara Maguy de sa voix posée et douce. « On ne déplie pas son journal en présence de dames. »

Remerciements

Je voudrais vous remercier d'avoir acheté et lu « Cours de chant ». J'espère que vous avez trouvé du plaisir à cette version light de « Crime à l'université » (dont vous pouvez trouver à version intégrale sur Amazon).

Je vous serais extrêmement reconnaissante si vous pouviez mettre un commentaire sur la plateforme où vous l'avez téléchargé, cela m'aiderait beaucoup pour savoir comment améliorer mes écrits dans le futur.

Par ailleurs, si vous désirez être tenu au courant de mes prochaines publications, et la date de parution de mon prochain livre, veuillez m'envoyer un mail en mentionnant dans l'objet « parutions livres » mail à cette adresse:

Clementml@me.com

N'ayez crainte, je suis très respectueuse de la vie privée de chacun et votre adresse mail sera en sécurité. Il va sans dire que je ne la transmettrai à personne. N'ayez non plus pas peur d'être inondée de mails de ma part, je ne sors pas un livre toutes les semaines!

D'autre part, si vous êtes intéressée à connaître mes autres sujets de prédilection, vous pouvez vous rendre sur ma page auteur Amazon: http://amzn.to/1p1wpqO

Vous pouvez aussi me suivre sur

mon blog: www.aventurelitteraire.com

ma page FaceBook:

https://www.facebook.com/muriellelucie-clementpage/

mon site perso:

www.muriellelucieclement.com

Imprimé par CreateSpace Amazon

novembre 2016

www.ingramcontent.com/pod-product-compliance
Lightning Source LLC
Chambersburg PA
CBHW071343170626
46811CB00003B/961